ベリーズ文庫

愛され新婚ライフ

～クールな彼は極あま旦那様～

砂川雨路

STARTS
スターツ出版株式会社

目次

プロローグ……5
第一章　結婚しました！……9
第二章　俺の奥さん……47
第三章　いざ尋常に勝負！……77
第四章　奥さんがわからない……117
第五章　新婚旅行に行こう……149
第六章　奥さんを押し倒す方法……187
第七章　旦那様が……227
第八章　俺の奥さんは最高に可愛い……257
エピローグ……277
番外編　嵐の夜の過ごし方……285
特別書き下ろし番外編……297
あとがき……322

プロローグ

一月某日、空気は冷たくきりりと麗しく晴れたこの日、私・市川《いちかわ》雫《しずく》は結婚した。

都内ホテルの小さなチャペルで、『愛する旦那様《だんなさま》』と挙式したのだ。

参列者は家族のみだ。私サイドは両親・弟、あちらサイドはご両親。

たったこれだけのお式だ。

Aラインのウエディングドレスを着た私と、モーニングコート姿の旦那様。背が高いから服に着られている感がない。よく似合っている。

私と彼は指輪を交換し、型通りキスをして愛を誓った。

なお、このキスが私の人生においてファーストキスだったわけだけれど、感想を述べるほどはっきりした感触じゃなかったことが悔やまれる。

『あったかかったなぁ』くらい。ただ彼のメガネが頬《ほお》にわずかに当たったから、キスをするときはメガネって邪魔なんだなと思った。

なるほど、実際してみないとわからないことって多い。

その後は、ホテルで和気あいあいとお食事をして、私たちが事前に記入した婚姻届の保証人欄を両親に埋《う》めてもらった。

「それでは、この先も末永くよろしくお願いいたします」

うちの両親がお辞儀をし、私と弟も慌てて頭を下げた。

向こうのご両親も笑顔で言う。

「雫さん、高晴《たかはる》をよろしくお願いします」

私がちらりと瞳だけ上げると、私の『愛する旦那様』＝榊《さかき》 高晴は、神妙な顔でこちらを見つめていた。整った顔は冷たいくらい動かなくて、今日挙式した新郎には見えないほど落ち着き払っている。

相変わらず、なにを考えているのか、私にはさっぱりわからなかった。

この人が私の旦那様。一生添い遂げる人。

な～んか、まだしっくりこないな～。

第一章　結婚しました！

「雫、あんた結婚しない？」

日曜の朝だった。いきなり爆弾みたいな発言を母がぶん投げてきた。

私は遅めの朝ごはんを食べているところで、行儀悪いとは思いつつ、目玉焼きに箸《はし》を突《つ》き立てて固まってしまった。

「結婚？　……お見合いならわかるけど、結婚？」

私の声に訝《いぶか》しげな響きが混じってしまっても、無理はないと思う。

二十七年生きてきて、こんな提案をされた日曜の朝は初めてだ。

「もちろん、最初はお見合いって形をとるわよ。でも、結婚を意識して会ってみない？」

母は私の向かいで、コーヒーを飲みながら言う。

「え？　なんで、いきなりそんなことを？　は？　私、家にいるの邪魔？」

「邪魔じゃないわよ」

「え？　それなら、なにかした？」

大学を出て、今の会社も五年目。そこそこ頑張って働いているし、家に生活費も入れている。

そりゃ、ごはんや洗濯はお母さんに任せっぱなしだけど、感謝を込めて誕生日にはバッグを贈ったり、ボーナスが出たらお父さんとお母さんをお高いお店に連れていったりしてるじゃない。

そんな可愛い娘を、いきなり結婚させようって……。なにかあったの、我が家？　もしくは私がなにかしでかした？

「あんた、もう二十七歳よね。お母さんは別にいいのよ。仕事して自分で食べていければ、それで充分。将来、この家もあんたのものだし」

「うんうん」

「でもね、お父さんは心配してるのよ。高校時代からあんた、まったく恋愛っ気がないでしょう。休みの日はとりためたアニメ見たり、漫画読んだり。年頃の娘としてどうなんだと。オタクは恋愛する気がないのかと」

顔をしかめてお説教口調の母に、「う……」と私は詰まった。

確かに私の趣味はアニメ鑑賞と、あらゆるジャンルの漫画読書。ネットで動画見てあはあは笑っていたり、ＳＮＳのイラストや小説を真剣に読みふけって号泣していたり……。

　ひとり遊びが大得意のインドア派だ。

「ライトオタクだもん。私ごときがオタを名乗るなぞ、本職のオタクの人に失礼……」

「そういう話をしてるんじゃないの！」

　母がぴしりと言い切る。

　私は子どものように首を縮こめた。

「このままあんたが誰とも恋愛せずに、花の盛りを過ぎていくのは可哀想かなと、私もお父さんも思い始めたの！　祐樹《ゆうき》は昔からちょいちょい彼女を紹介してくれる子だったし、案外すぐに結婚しちゃうとは思うけどね。私たちが死んだあと、あんたになにかあったとき、祐樹とその家族に任せるのも負担でしょう？」

　祐樹とは私の弟で、現在は転勤で福岡《ふくおか》に勤務中の商社マンだ。確かにあの子は要領がいいし、顔も悪くない。昔から結構モテるのも知っていて、すぐに結婚できそうだけどさぁ。

「私って祐樹に面倒かけそう？」

「今の状態じゃ、あり得るわ」

　んん～、つまり両親は、ひとりでこの家に住み、アニメや漫画に囲まれて年をとっていき、老後は弟家族の厄介になりそうな私が心配になったわけだ。

「いい方と結婚してくれたら、お父さんとお母さんも安心なんだけどなぁって考えてたら、なんとなんと渡りに船のいいお話があってね！」

身を乗り出してくる母に、私は渋い顔をしてみせた。

ここにこぎつけたかったのはわかるけど、娘をディスりすぎじゃない？

面倒だけど、朝食を食べ終わっていないのでわざとらしく逃げ出せない。仕方ない、話だけ聞いておこう。断ればいいんだし。

「この前お母さん、久しぶりに晶子《あきこ》おばちゃんとランチしたのよ。ほら、あんたが小さいときに何度も会ったでしょう」

「え、ごめん。覚えてない」

「やだ、覚えてないの？　まあそっか、あんたがふたつとか三つだったものね。たくさん遊んでもらったのよ、高晴くんに」

「たかはるくん？」

こちらに覚えのない思い出話を並べられて、首を傾《かし》げる私に、お母さんは滔々《とうとう》と話しだす。

「晶子ちゃんは元々私の女子大時代のお友達でね。卒業してすぐに十も上の方とご結婚されて、息子の高晴くんが産まれてねぇ。あの子が小学校に上がるまで東京にいたのよ。それから群馬の義実家に入ってね」

「はあはあ」

「義理のご両親を去年見送って、ようやく外に出やすくなったって言うからランチしたんだけどね。聞いたら、ひとり息子の高晴くん、三十歳になるんだけど、浮いた話のひとつもないって。今まで一度だって恋愛っぽい気配がないらしいのよ！」

なんか、どこかで聞いた話になってきたぞ。

私は顔をひきつらせる。

「いい大学を出て、都内の大手製薬会社の研究員よ？　人気の理系男子よ？　好条件なのに、まったく彼女がいないの！　もう、晶子ちゃんが心配しちゃって。そこで、私も『あ、うちにも似たのがいるわ！』ってね」

ほらほら、出たよ。奥様会合でアラサーの余ったもん同士くっつけちゃわない？ってなったんでしょ。

お互い気心も知れてる女友達同士、『親戚になるなら安心よねぇ』なんて話になったんでしょ。

「で、携帯に入ってたあんたの写真を晶子ちゃんに送ってね。ほら、去年温泉に行ったときの」

「え？　あの温泉の浴衣《ゆかた》着てビールグラス持ってるヤツ⁉　あれ送っちゃったの⁉」

私は目を剥《む》いて身を乗り出した。

母はニコニコと答える。

「うんうん、そう。ちょっと可愛い顔してたからいいかなって」

「よくないわよ！」

母が送った写真は夜の宴会場で、ビールグラスを持って上機嫌の私の写真だ。

可愛いってのは親の欲目だからね！　髪なんかお風呂上がりに適当にまとめただけだし、化粧なんかほとんど落ちてるし！

信じられない！　よりにもよって、そんな写真をお見合い用に渡すかなぁ⁉　普通は振袖《ふりそで》着て微笑《ほほえ》んでるヤツでしょ？　台紙のついた『写真館で撮りました～』みたいなの。

せめて、もう少しマシな日常スナップを送ってくれればよかったのに！

「見て見て。これが高晴くんよ。今年のお正月に帰省したときのだ、って言うから最新よ」

憤慨《ふんがい》する私を無視して、母がスマホの画面を水戸黄門《みとこうもん》の印籠《いんろう》のように見せてくる。

見る気もなくなってるけど、一応鼻を鳴らしながら覗《のぞ》き込んでみた。

おやおやおや？

画面に映っているのは黒髪短髪の男性だ。メガネをかけて、少し困った風に笑っている。

なんというか……驚いたけど、かなりのイケメンだ。

「お母さん、この人、性癖とかに問題あるんじゃない？　こんなにカッコいいのに彼女いないとか、あり得ないでしょ。実はゲイとか、変なプレイを強要して女に逃げられるとか……」

おそるおそる聞いてみれば、母は真面目《まじめ》に怒りだす。

「人聞き悪いこと言わないの！　晶子ちゃんが言うには、過去二度お見合いに連れ出したものの、口下手《くちべた》すぎてお相手の女性を退屈させちゃったみたいなのよ。そこをいくと、あんたはひとりでもペラペラ喋《しゃべ》れるタイプだし、バランス的にはいいんじゃないかなぁって」

「ペラペラ話すのは接客業だからよ。そんなにお喋りじゃないもん」

「そんなわけで、『お見合いしましょ』ってなったのよ。とにかく一度会ってみて！　性格さえ合えば好条件だと思うわよ。高学歴、高収入、高身長のイケメン！」

鼻息荒く言うお母さんに、私はうーんと腕を組んで思案。

今更、古《いにしえ》の３Ｋとか挙げられてもなぁ。いや、悪くはないのよ。むしろ好条件だとは思う。

でも、正直、私は恋愛や結婚にあまり興味があるほうじゃない。はっきり申し上げまして、この二十七年間、彼氏というものができたことがない。

つまりはそういう経験もゼロ！

だって女友達と遊んだり、好きなアニメ語ったりしてたら、彼氏を作る暇なんかないじゃん。彼氏という存在の、必要性も感じてこなかった。

さらに大手下着メーカーに就職して、今年から原宿《はらじゅく》の路面店の責任者という結構いい感じの出世ペースよ。再来年あたりに本社に戻れば、希望しているプレスの部署に回してもらえそうだし、現時点で仕事は順調と言わざるを得ない。

仕事充実、趣味充実。

そこで結婚して自分のペースが崩されるのは、ちょっとな〜と思う。

だけど、それが二十七歳の意見だってのも、わかっちゃあいるのだ。十年後、同じことを言っているかっていうと微妙だもの。

仕事はノリに乗っている時期だろうけど、周りはアラフォー。家庭を持った友人が同じように遊んでくれるかはわかんないよね。

さらに十年経ったとき、アラフィフの私はなにを考えるだろう。

結婚は何歳でもできる。でもその頃になって『やっぱり子どもを産んでおきたかった！』とか『ウエディングドレスが似合う時期に結婚したかった！』なんてことも考えるかもしれない。

今はいいや、が一生の決断に関わってくる。それがアラサーって時期なのも理解してるのよ。

「ねえ、雫《しずく》、逆に考えなさいよ。お相手はもう二度もお見合い失敗してるんだから、もしあんたが嫌だって言っても角は立たないわよ。私も晶子ちゃんもお試し気分で言ってるんだから」

母が背中をぐいぐい押す発言をしてくる。結婚を前提とか言っておいて、私が乗り気じゃないと見るやハードルを下げてくるあたり、さすが実母、よくわかっている。

「結婚かぁ」

「まずは会ってみるだけ！　高晴くん、イケメンよ！　目の保養になるわよ！」

私はわざとらしく、大きなため息をしてみせた。しょうがないなぁって雰囲気の。

「まー、そうだよね。うん、会って合わなけりゃやめるわ」

母が満足そうにうんうんと頷《うなず》き、早速父に報告とばかりに席を立った。

父はたぶん、外で庭いじりをしている。

残された私は、今度は自分のために嘆息《たんそく》した。

ひとりで生きていくことに、不安や切迫感はない。だけど、将来の保証は多いほうがいい。

吟味するためにも会ってみるかぁ。こんな機会がないと、重たいお尻が持ち上がらないもんな、私って。それに、お相手は確かにイケメンだ。そんなイケメンと喋る機会ないし、さらにお見合いしたとなったら話のタネにはなるよなぁ。

そんなわけで、私は二十七歳の選択として、人生初のお見合いに挑むことになったのだ。


お見合いをするにあたり、私は髪を切りに行く以外なにもしなかった。多少見栄えをよくしようと思い、セミロングの毛先を整え、春らしく軽くしてもらったくらい。エステもネイルサロンも行かなかった。行ったことがないから、どんな風に利用すればいいのかわからない。なにより、初めてのことって怖いじゃない。

そもそも最初に話を持ってこられてから、お見合いまでが二週間しかなく、あがく時間も足りなかったという点はある。

そんなわけで私はまったく普段通りの市川 雫でお見合いに臨むことになってしまった。

身長百五十七センチ、痩《や》せ形と言えば聞こえはいいけど凹凸《おうとつ》の少ない身体。おとなしめと言えばいい感じだけど、地味めの顔立ち。店舗勤務なので少しだけ明るくした髪は、くせ毛で毛先がふわふわ。

うーん、どこにでもいそうな平凡女子だわ。

成人式でも借りた従姉《いとこ》の振袖を七年ぶりに身にまとい、都内のホテルに集まったのは日曜のお昼時。

お座敷に入ると、すでに相手方はいらしていた。

ご両親が手前、奥にいるメガネの男性が私のお見合い相手ね。うんうん、ファーストインプレッションは『写真通り』ってとこかな。写真はものすごく盛っていて、本当はたいしたことなかった、みたいな残念なことはなかった。

母があちらのお母さんに手を振って、早くもキャッキャとはしゃいでいる。本人たちは楽しいんだろうなぁ。

私は慣れない着物でつまずかないよう歩きながら、案内されるまま彼の前に座った。

場が整った。

「榊 高晴といいます」

「市川 雫です」

私たちは名乗り合って会釈《えしゃく》をする。

すぐにお食事の懐石《かいせき》が運ばれてきた。

私はお相手の高晴さんとやらを、ちらちらと盗み見た。

うん、やっぱり顔は整っている。

高い鼻梁《びりょう》、切れ長の二重《ふたえ》の目、銀縁のメガネがよく似合っている。薄い唇《くちびる》も、顎《あご》から喉《のど》仏のラインも品よく、〝良家のお坊ちゃん〟って感じ。

一方で、座っていても背が高いのがわかる。割と身体付きもしっかりしているし、ジムのプールで泳いでいそうな肩幅だ。話で聞いていたより、草食男子感はない。

表情は緊張しているのかまったくなく、時折〝お母さんズ〟から話を振られても短く相槌《あいづち》を打つだけだ。

私もお客様相手じゃないから、進んで話はしなかった。お母さんに振られれば陽気に答えるけれど、自分をよく見せようって気持ちにはならなかった。

飾らず自然体のほうが……というのは建前で、なんとなく、私がなにをしてもこの人の表情は変わらないんじゃないかなーって思ったんだよね。

過去二回のお見合いも、こんな感じだったんだろうなと推測する。

ここまで無表情で会話なしだと、『いざお見合い！』でやってきたお嬢さんたちは『バカにされた！』くらいに思ったかもしれない。

わざとじゃないんだろうけれど、ううーん、この人、基本スペックが高いだけにもったいないなぁ……。ま、私は半分付き合い、半分興味本位なんで、あんまり気にしてないですけどね。

食事が済《す》むと型通り「若いふたりで」という話になり、私と高晴さんはホテルの庭園に放り出された。

今日会ったばかりのふたりを、『打ち解けてこい』といきなりツーショットにする、お見合いという暴力。体験してみるまでわかんなかったわぁ。

私たちは黙々と庭園を歩いた。

高晴さんは、やはり喋らない。

さすがにずっと無言はやだなぁ。

私は少しだけ商売っ気を出して、お客様に向かうようにニコッと笑った。

ちなみに私は下着メーカー店舗勤務なわけで、お客様は全員女性だぜ！

私の笑顔に、高晴さんがたじろいだような顔をした。

うわ、外したかしら。一応、心象よく笑ったつもりなんだけど、逆に営業っぽくて胡散臭《うさん》かったかな。

「今日はお互い、母親の付き合いで連れ出されて、困っちゃいますね」

明るく笑いかけ、親に巻き込まれた同士であることを強調する。

「突然、お見合いとか言われても驚きますよ。高晴さん、無理しないでくださいね」

「いえ」

高晴さんは目をそらし、低い声で短く答えた。綺麗《きれい》な声だった。

「私たち、小さい頃に会っているらしいんです。そんなこと言われても、覚えてないですよねぇ」

「ええ」

それから、また数瞬の無言。会話が続かない。

季節柄、花はないけれど、つつじやアジサイの低木の間の径《みち》をふたりで黙って進む。

歩くうちに見えてきた池の前で、どちらからともなく足を止める。

私たちのほかは、ご年配のご夫婦が池の鯉《こい》を眺めていた。

池があってよかった。私たちは今、鯉を眺めています。無言でもおかしくないのです。わあ、錦鯉って綺麗だな。そういえば、すっごく昔に人面魚って流行《はや》ったけど、あれってどうなったのかな。

「雫さん」

突如、高晴さんが私を呼んだ。

「ひゃい」

『はい』と答えたつもりが突然すぎて噛《か》んだ。

『ひゃい』ってなによ、『ひゃい』って。

「私と結婚しませんか？」

「ひゃ、は？」

今、勢いで『はい』って言おうとした、私。

結婚？　結婚ですと⁉

高晴さんは池の鯉を凝視したままだ。その横顔はしかつめらしくて、たった今プロポーズの言葉を口にした人には到底見えない。

明らかに乗り気じゃなさそうですが、結婚ですか⁉　ついさっき会ったばかりで、会話すらほとんど成立していないですけれど！

「結婚……」

「急に驚かせて申し訳ないのですが、私は本気です」

高晴さんは池の鯉を睨《にら》んだまま、無表情でさらさらと語りだす。

「有り体《てい》に申し上げますと、私はひとり息子ですし、父は高齢。そろそろ両親を安心させてやりたいという気持ちがあります。母親同士、気心が知れているあなたなら、お互いの家族も安心なのではないかと思いまして」

「え、はあ」

突然堰《せき》を切ったように話しだす目の前の男性に、圧倒されてしまい言葉が出ない。

あのう、せめてこっちを見ませんか？　さっきから、私のほう、まったく見てないですよね？

「また恥ずかしながら、私の会社は旧体制的な風紀がありまして。『早く身を固めたほうが出世しやすい』と言う上司も少なくないのです。それもあり、私自身そろそろ結婚相手を探さなければと考えておりました」

「ええ、はあ。そうなんですね」

まったく気の利いた返しができなくなっている。

だって、急転直下の展開なんだもん。

女児向けアニメなら、一話目でラスボスの過去の回想やっちゃった感じよ⁉　主人公、変身前ですけど！　話が進む前に佳境ですけど！

「収入面での苦労はさせないと思います。来春には昇給の内示をもらっていますし、浪費になる趣味は持ち合わせておりません。あなたがお仕事を続けても、専業主婦になっても、金銭的にはどちらでも対応可能です。ひとり暮らしが長いので、家事の分担もできます。子どもはいたらいいとは思いますが、あなたのお仕事やお考えもあるでしょう。判断はお任せします」

まるで業務連絡みたいだ。効率重視の結婚生活という職務のため、プレゼンテーションされてるんだ、私。

「あなたの趣味や友人関係に立ち入るつもりはありません。息苦しくない家庭になるよう努力します」

そこまで言ってから、目の前の男性・榊 高晴が私のほうを向き直った。

背の高い彼を見上げ、私は呆気《あっけ》にとられている。

しかしこのとき、彼が初めて表情を変えたのだ。

頬がかすかに赤くなり、唇がきゅっと引きしまる。私を見つめる瞳が揺れている。

「もちろん……雫さんさえ、……よければの話なのですが」

語尾が消え入りそうに細い。赤い頬を、汗がすっとひと筋伝うのが見えた。

この人、喋るの苦手なんだろうな。過去二回の反省を込め、今日はきっとこのプレゼンを練習してきたに違いない。自分の弱点を見つめ、打開するために頑張ってるなんて、かなり真面目な人だ。

「条件として、私は高晴さんの希望に合いますか？」

気づいたら聞き返していた。こちらこそ業務連絡みたいになってしまう。

「一緒に暮らす妻として……私でいいですか？」

「雫さんがいいです」

高晴さんは、赤い頬ではっきりと言い切った。

その顔を見たら、私もぽぽぽっと頬が熱くなってきた。

うわわわ。えーと私、今この瞬間、成人男性を可愛いと思ってしまいました。二次元じゃない、リアルな男性を可愛いと思ったのは初めてだわ。

「それじゃ、結婚しましょう」

その言葉は勢いだったけれど、私の気持ちは勢いだけじゃなかった。間違いなく、私は目の前の男性に生まれて初めて心を揺さぶられた。

私、たぶんこの人を嫌いじゃない。それどころか、家族になってもいいかもと思っている。出会って数時間の人だけど、直感的に『アリ』だと感じている。

この人は私を恋愛対象として見ていない。〝奥さん〟という役をやってくれる人だと思っている。

私も結婚に夢や理想があるほうじゃないんだし、そのくらいでちょうどいい。というか、打算的に見ても、私の人生において最初で最後の超優良物件じゃない？

顔よし、収入よし。仕事も家庭観も好きにしてよし、趣味にも口を挟まない。

これは、私の人生に来た婚期ビッグウェーブ。人生保証に王手じゃない⁉

「高晴さん、よろしくお願いします」

「雫さん、こちらこそよろしくお願いします」

私たちはまるで商談成立といった雰囲気で握手し、頭を下げたのだった。

お見合いから二ヶ月、無事に挙式を終えた私は、翌日に家を出た。

月曜日、荷物を実家から高晴さんのマンションに単身パックで送った。トラックを見送り、実家で昼食を食べたら家を出ることになっている。

父は仕事だし、送り出す母は「またねぇ」と呑気《のんき》なもので、とても嫁入りの空気じゃない。

練馬《ねりま》区から江東《こうとう》区への転居だから、電車で一時間程度の距離しか離れないというのも理由だろうか。

昨日の結婚式も、母は義母になった晶子さんとずーっと喋っていて、涙涙の娘の挙式といった雰囲気じゃなかった。私も『両親への手紙』など泣かせるイベントを用意しなかったんだけどね。

「姉ちゃん、ホント大丈夫?」

唯一、心配そうなのは弟の祐樹だった。福岡から結婚式に駆けつけてくれた祐樹は、今夜の飛行機で戻ることになっている。私の荷造りを手伝ってくれたのも祐樹だ。

「『大丈夫?』ってなによ」

「ファミレスでメニュー決める感覚で結婚したこと」

「あのねぇ、結婚式は昨日終わりましたけど⁉」

私は弟のお土産《みやげ》、福岡で有名なめんたいこの煎餅《せんべい》を、バリバリかじりながら言い返した。

祐樹は私より数段賢く、生きるのが数倍上手だ。モテるし、ちょっとひいき目に見てもなかなかのイケメン。姉より人生経験値の高い弟が、姉の引越し間際に苦言を呈してきましたよ。

「私なりに考えました。旦那さんだもん。一緒に住むんだもん。収入面でも将来性でも安定感がある。それにイケメン！　子どもができたとして、優秀な遺伝子を期待できる」

「そゆとこ、そゆとこ」

祐樹が額を押さえてため息をつく。

ちなみにこのやり取りは、引越しトラックが去った市川家のダイニングで行われております。

母は、私たち用のインスタントラーメンをゆでている。実家での最後の食事がインスタントラーメン……我が母ながら雑だわ。

「姉ちゃん、こんなこと言うの今更だけど、結婚って好きな者同士がするんだよ？　知ってた？」

「おうよ、知ってるぜ！」

「姉ちゃん、高晴さんのこと好きになって結婚したの？」

面と向かって言われるとは思わなかった。

好きになってって……姉の結婚はお見合いだけど〜？

「昔は顔も知らない人に嫁《とつ》いだんだよ。それよりよくない？」

「今は平成が終わろうとしております。姉ちゃんは自由恋愛の時代に生まれ、あえてのお見合いで好条件の男を選んだ。それはいいと思うよ」

祐樹がダイニングの椅子にふんぞり返って、偉そうに言う。

「だけどさ、姉ちゃんみたいな頭ふわふわ女が、その結婚に収まり切るか、弟の俺はおおいに心配だからな。せめて相手を好きになれそうなら別だけど、まだそんな気配ないし」

「いや、好きになれそうだから結婚したんだってば。大丈夫だよ、私、結構いい奥さんになるよ。高晴さんも私の仕事や未来設計を融通してくれるって言うし、私たちいい夫婦になれると思うなぁ〜」

言葉を尽くせば尽くすほど、祐樹の表情が冷めていく。

いつもこんな感じなんだけど、弟は私のことをだいぶアホだと思っているようだ。

「そうよ、祐樹、せっかく片付いたところをほじくり返さないで」

母がふたり分のラーメンどんぶりを手にやってきた。

私は煎餅を慌てて口に押し込む。

「飾っとけば綺麗なお着物を、ようやく重い腰上げてクリーニングに出してぴっちりしまったの。もう一度引っ張りだされて広げられても、お母さん、しまう元気ないわよ？」

「誰がうまいこと言えと……」

私はラーメンを受け取りながら、憎々しく呟《つぶや》いた。

母にとって、私の結婚はやはり『お片付け』なのね。まあ、いいけどさ！

「俺は姉ちゃんの短慮婚が、あとあと面倒事に繋《つな》がりそうな気がするけどね。俺のことじゃないから、どーでもいいけど」

箸を手に〝いただきます〟をする祐樹を眺めて、私は少々不安になった。

口にはしないけど、〝短慮婚〟って言葉……結構的を射ている気はする……。考え抜いて決めた結婚でないことは確かだもん。

いやいや、そんなこと考えるのはやめよう。幸先悪すぎる！


昼食を終えると、母と弟に見送られ、私は二十七年住んだ実家を出た。

電車で新居に向かえば、ちょうど指定した時間だ。

そこからは引越し業者さんにお任せ。

ちなみにこの新居は、高晴さんの分譲マンションだ。十階角部屋２ＬＤＫの間取り。ふたり暮らしなら余裕なんだよね。私の職場の原宿にも通いやすいし、住みたい街なんかの希望もないほうだから、そのままマンションに転がり込んでしまった。

合鍵《あいかぎ》で開けた高晴さんの部屋は、一度下見で来させてもらっただけだ。

緊張しつつも、我が家のように引越し業者を招く。

ぱっと見た感じ、家の中は整理整頓《せいとん》が行き届いていて、生活感は薄い。そんな部屋の中に、私の荷物が次々と運び込まれていく。

高晴さんに言われた通り、季節の洋服や仕事道具、大量の漫画、小説やアニメのブルーレイなんかは物置にしている空き部屋に暫定で搬入。

今着る洋服などは、高晴さんと共用する寝室のウォークインクローゼットへ入れた。

衣類もアクセサリーも入れられそうなタンスが、準備されていた。

寝室には新しい寝具が載った新品のベッドがひとつ、高晴さんのベッドの手前にセットされている。

洗面所やトイレ用の新しいタオルやカバーは、ダイニングテーブルにあった。私が一緒に暮らすからと新調したのだろう。

これらの受け入れ準備をひとりでやってくれたのは、高晴さんだ。

きちんとした人だなぁとあらためて思う。

でも、あまり神経質じゃないといいな。私もおおざっぱなほうではないけれど、細かい人には気になる程度には雑だ。一緒に暮らすんだから、旦那さんのストレスになりたくないもん。

荷物を運び終え、業者が帰っていくと、私はお湯を沸《わ》かしてインスタントコーヒーを淹《い》れた。

キッチンも綺麗だ。使っていないというより、直前にハウスクリーニング業者を入れたんだと思う。

私の家にもなるわけだし、綺麗に使っていくからね！

コーヒーのマグカップを手にリビングに戻ると、ソファにかけた。そうそう、まずはテレビなどなどをチェックしておこう。

うん、ＤＶＤもブルーレイも見られる。パソコンは夫婦別にするから、動画サイトや通販の履歴は消さなくても大丈夫だ。

高晴さんは土日休みで、現在店舗勤務の私は平日休みが多い。

お休みの日はアニメ、漫画三昧《ざんまい》でもなんの問題もなしだ～。やったぁ～。

元気が湧いてきた私は早速コートを羽織り、財布とエコバッグを手に立ち上がった。

結婚生活初日のお夕飯を、準備せねばなるまいよ！

私たちの新居となる街は、いわゆるウォーターフロントと呼ばれる地域だった。

埋立地が再開発され、ディンクスやひとり暮らし向けに山手線圏内への好アクセスを確保、ファミリー向けに商業施設が整備された住みやすい街だ。

現にマンションを出ると、すぐに小さなスーパーを見つけた。

大きな道路を渡ったところにある別のマンションの一階部分に、クリーニング店と並んで入っている。

長らく埼玉寄りの練馬区民だったもので、スーパーは大きな店舗ばかり利用してきたけど、品揃《しなぞろ》えや価格はどうなのかな。といっても、私は母にお使いを頼まれる程度だったたから、詳しくはわからないけれど。

入店してみて、まず価格帯には安心した。

そんなにセレブなお値段じゃない。実家の近所とそう変わらなそうだけど、店の規模は小さい。近くに大きなショッピングモールやよく利用していた量販店もあるし、そこならスーパーも入っているはず。

今度はそっちに行ってみよう。

とりあえず、野菜や調味料なんかのちょこっとした買い足しならここで充分だろう。

街を探検するのは今度にして、帰宅したらまずはブロッコリーとポテトのアンチョビサラダを作る。

嫌いなものはないって言ってたけど、アンチョビ大丈夫かな。私、これ好きなんだよねぇ。家族で通う居酒屋さんのメニューなんだけど、あまりに美味《おい》しいから嫁入り前にレシピ聞いちゃったよ。

あとは料理に自信がない初心者でも、それっぽくできるようにナポリタンを作る予定だ。ナポリタンなら簡単だし、大抵トマトケチャップが美味しくしてくれるもん。野菜とソーセージを切って、サラダと一緒に冷蔵庫へイン。

よ〜し、これで高晴さんの帰宅まで暇ができたぞ！

私はいそいそとダンボールを開け、全二十八巻の少年漫画を読み返す作業に入るのだった。

二十時半の時点で、高晴さんからメッセージがスマホに届いた。

【電車です。二十一時頃帰宅します】

私は、【了解】とウサギが変な顔で言っているスタンプを送り、漫画をぱたんと閉じた。

三時間以上漫画に没頭していたよ。リビングのソファでゴロゴロしながら。それにしたって、このソファ、寝心地いいな。お高いソファは座り心地もいいって言うから、きっといいお値段なんだろうな。ああ、私、いい人と結婚したわぁ。

……待て待て、そう言ってソファに寝転び直しちゃいけません。

私は起き上がり、積まれた漫画本を慌ただしく片付ける作業に入った。

それから部屋を見回す。

うん、綺麗なまま！　漫画本に挟まってた帯とか新刊のお知らせ広告とか、落ちてない！

お風呂の給湯ボタンを押し、キッチンの収納から大きなお鍋を取り出すと、お湯を沸かした。パスタを二人前計量して、テーブルを片付けて……。

そうこうしているうちに玄関が開いた。

「お、おかえりなさい」

私はひょこっと廊下に顔を出すと、おずおずと玄関までお出迎えする。

玄関に立つ、黒いコートを着た高晴さん。ぱりっと仕事モードの高晴さんだ。

カッコいい……。曇ったメガネを外す仕草《しぐさ》までカッコいい。メガネ男子もスーツ男子も、元々好きなんだよなぁ。あ、二次元のキャラクターの話だけど。

「……ただいま。雫さん」

高晴さんは一瞬驚いた顔をしたあと、静かに言った。

私が今日から一緒なのはわかっているけれど、いざ出迎えられると違和感を覚えるんだろうな。

「お夕飯、十五分くらいでできますよ。先にお風呂に入りますか？」

「いえ、食事をいただきます」

「よかった！　私もお腹ペコペコで」

ふたりでリビングダイニングに入り、高晴さんが着替えたり手を洗ったりしているうちに、手早く食事の仕度を整えた。

よし！　ナポリタン、めちゃくちゃ美味しそうにできたっ！　料理経験が少ない割には、手際も見た目も上出来じゃないの？

本当にかなり美味しそうにできて、ちょっと感動してる。写真を撮ってSNSにあげとこうかな。でも、普段アニメや漫画の感想ばっかり呟いてるアカウントに、いきなり飯テロするのもなぁ。

奥さんになりました感を出したくないし、うん、やめたやめた。温かいうちに高晴さんに食べてもらわなきゃ、意味がないしね。

「いただきます」

向かい合って手を合わせ、私たちは夕食にした。

家族以外にごはんを食べさせるって経験がないから、なかなか緊張する。自分で食べる分や、簡単な料理はどうにかできるけど、イコール誰もが美味しいと認める料理……ではないわけじゃない？

しかし、高晴さんは男性らしい食欲でもりもりとスパゲッティを片付けていく。

「味、変じゃないですか？」

「とても美味しいです。このブロッコリーのサラダも」

「アンチョビ、大丈夫でよかった」

「ああ、この塩気はアンチョビですか。ピザなんかに載ってるの、好きですね」

感想は丁寧だけど、無表情のままだから美味しさについての感動は伝わってこない。でも、これって及第点？

高晴さんはどんどん食事を平らげていく。

スープも作ったほうがよかったかな。そもそも二十一時過ぎに、炭水化物多すぎたかな。

「……お夕飯って、この時間にこんなメニューじゃ重すぎますよね」

素直に聞いてみると、高晴さんは一瞬考えるようにぴたっと止まってから、ぶんぶんと勢いよく首を振った。

「いえ、今日は昼食をろくに食べられなかったので、すごく腹が減っていたんです。嬉《うれ》しいです」

「あ、ホントですか？　でも、次からはもう少し考えますね。帰りって、いつもこのくらいですか？」

高晴さんは天井を見上げて考えてから、こちらに向き直った。

「そうですね、早ければ十九時過ぎに帰れることもありますが、遅ければ二十二時や二十三時です。どちらにしろ、帰宅時間は連絡するようにしますね」

真面目くさった顔は、会議中に意見を求められた会社員みたい。

つられて私も、事務連絡みたいに返してしまう。

「私も今は店舗なので、遅番なら二十三時過ぎです。早番なら、十九時には家に帰れますけど。お互い遅いときって、お夕飯は各自で大丈夫ですか？」

「もちろんです。雫さんが作れるときだけでいいですから。休みの日は、俺も頑張ってみます」

「え、ホントですか？　嬉しい」

そこまで言ってから、会話の違和感につい笑ってしまう。

「私たち、敬語……」

あまりに自然にすべての会話が敬語なので、まったく夫婦らしくない。これでも誓いのキスをして結婚したのにね。

高晴さんも、今頃気づいたようだ。

「本当だ。つい。……これは徐々に慣らしていきましょうか」

「そうですね。急に変えるの難しいですもんね」

私たちは食後にお茶を飲み、高晴さんが先にお風呂に入った。

このあたりから私は緊張し始めた。

お互い入浴を終えたら、もう寝るのにいい時間ではないだろうか。

今日は、新婚初夜にあたる。

結婚式前、私たちは二度しか会っていない。

一度は結婚式場となったホテルとチャペルの下見、二度目は高晴さんのこの家を見に来たとき。そのどちらも用事を済ませたら、外で軽く食事をして別れた。式場はお互いネットで調べてスマホで連絡を取り合い、家具なんかの購入もそうだった。

本当にびっくりするほど事務的で、効率重視。

クリスマスや初詣《はつもうで》なんかのイベントもこの時期に挟まったんだけど、ふたりとも見事に仕事だったり実家に帰っていたりで、挨拶《あいさつ》程度にメッセージを送り合っただけだった。

つまりは私たち、婚前交渉をしていないのだ。

そして、私はなにを隠そう処女だ。

二十七歳まで、男性という存在が人生に必要とは思わなかった。漫画でそういうシーンは出てくるけれど、『ふうん』くらいにしか思っていなかった。

それよりストーリーを追うことのほうが大事でね！ エッチなシーンより、感情の迸《とばし》りが好きなタイプなのでね！

……というか、二次元のものをわざわざ三次元で体験しなくてもいいんじゃない？程度の感覚だったのよ。元々、二次元のものじゃないっつうの。

とにもかくにも、結婚したらこの問題は避けて通れない。

最初からそれ抜きって契約なら別だけど、普通の婚姻という契約なわけで、それなら今夜がそのときだ。

念のため準備した、うちのメーカーの新品の下着。

普段寝るときは楽ちんブラジャーだけど、今日はきっちりワイヤーの入ったレースのブッです。

そして、いい匂いのボディソープ。

これはなんか、女子力高そうなコスメショップで買った。店員のお姉さんがたらいでぶくぶく泡立てて匂いを教えてくれたヤツを、引くに引けずに購入。

女子力が高そうな、可愛いお花の香りがします。

それらをひとまとめにしてルームウェアにくるんとくるみ、膝《ひざ》の上に置いて待機している。いつも使っているシャンプーとコンディショナーはお風呂を洗ったときに、セット済みだ。こちらは特別なものにはしていない。

「雫さん、お先でした」

二十分ほどで高晴さんが出てきた。

濡《ぬ》れ髪をタオルで拭《ふ》く仕草も、初めて見たパジャマ姿もかなり新鮮で、緊張感はいやますばかり。

「あ、じゃあ私も入ってきます」

「ごゆっくり」

ごゆっくりと言われても、そんなに長く待たせられないよね。普段は平均四十分くらいのお風呂時間だけど、今日は三十分以内でいこう。

洗い場で猛烈に髪と身体を洗った。泡を立てまくって、丁寧に足の指の隙間《すきま》まで洗う。隅々まで綺麗にしておかなきゃ。

映画や漫画で見てるのは一部分なわけで、参考にならないけれど、とにかくあちこち触られるんでしょ？

部屋が暗ければムダ毛は見えないかもしれないけど、触ったときにモジャモジャざらざらはわかってしまう。結婚式前に脱毛はしてきたし、今のところムダ毛はどうにかなっている。

あとは清潔でツルツルならオッケーじゃない？

じゃぶんと浴槽に入り、顎まで湯に浸かった。湯船を見つめて、ぶくぶくと鼻の下まで湯に沈み込む。

セックス……セックスするんだ。私、いよいよそんな経験をしてしまうんだ。

痛いとか痛くないとか、そういう無駄なことは考えない。

これは儀式。夫婦になる儀式だ！　だから恋してなくてもできる‼

というか、なにかで読んだことあるけれど、女性って抱かれると相手を好きになっちゃうらしいんだよね。SNS情報だったと思うから、信憑性《しんぴょう》性はないけれど。

でも、それなら円満に今夜を越えれば、私の中に高晴さんを愛《いと》しく思う気持ちが湯水のように湧き出てくるのではないかな。

湯船で考え事をしていたら、のぼせそうになってきた。

いかんいかん。とりあえず出よう。

身体をしっかり拭き、ドライヤーで手早く髪を乾かし、白い綿のルームウェアに袖を通す。

リビングに戻ると、高晴さんはダイニングテーブルでパソコンに向かい合っていた。

「あれ？　お仕事ですか？」

「明日の朝の会議の連絡が急に来まして。資料を探していました。もう済みましたよ」

高晴さんはノートパソコンを閉じ、立ち上がった。

これは、いよいよだよね。寝室に行こうって流れだよね。

私は息を呑《の》んだ。

「それでは、俺は先に寝ます」

ん？　サキニネマス？　思わぬ言葉が……。

「雫さんも明日お仕事ですよね。湯冷めしないよう気をつけて。寝具は温かい羽毛を選びましたが、寒いようなら湯たんぽや電気毛布も考えましょう」

「あ、はい。ありがとうございます」

「おやすみなさい」

高晴さんは微笑んで、寝室のドアの向こうへ消えていった。

しいんとしたリビング。
立ちつくす私。
「おやすみ……なさい」
ドアに向かって呟いた私は、拍子抜けを通り越し、愕然《がくぜん》としていた。
なんで……なんで……？
新婚夫婦は初夜を済ませるものじゃないの？
え？　私たち、結婚したんだよね!?
初夜なし？　セックスなし？　キスすらなし!?
なんで？　なんで——!?

第二章　俺の奥さん

「榊、もう上がったらどうだ」

同じチームの上司・兼広《かねひろ》さんが声をかけてきた。

俺はちょうど、今日の分のデータをまとめ終えたところだった。

「データチェック、明日お願いできますか？」

「おう、マネジメントのチームには明日中に回しとく」

時計を見ると、十九時半だ。今から帰れば二十時過ぎには帰宅できる。

「早く帰ってやれよ。新婚なんだから」

兼広さんは五十代前半だが、見た目は十歳は若い。年中浅黒い肌は海好きの証で、この職種には珍しいタイプの男性だ。

「そうよ、奥さん、ごはん作って待ってるんでしょう？」

横から口を挟んできたのは同期唯一の女子であり、同じチームの日向麻紀《ひゅうがまき》だ。同い年で世話焼きの日向は、俺が急転直下の結婚を決めたことを一番喜んでくれている。

兼広さんもニヤニヤ笑って言う。

「お、奥さんのメシ。いいじゃないか。楽しみだな」

「早番と休みの日だけですがね。今日は夕飯を作ってくれていると思います」

「美味《うま》いか？」

「上手ですよ。実家暮らしだったので作り慣れていないなんて言ってましたが、頑張ってくれています」

あまりノロケに聞こえないように控えめに答えた。男ばかりの職場なせいか、みんな小学生男子みたいなところがある。新婚というだけで冷やかされる毎日だ。

「可愛い奥さんの手料理だもん。多少まずくたって、美味しく感じちゃうよねぇ」

日向が失礼なことを言うので、俺はきちんと言葉をつけ足した。

「彼女の作る料理は、美味いよ。俺好みの味付けなんだ」

図らずもノロケになってしまった。

気まずくて口を噤《つぐ》む俺の目の前で、日向がふぁ〜とニヤけ、兼広さんがひゅうと古臭く口笛を吹いた。ちなみに兼広さんはやんちゃしてそうに見えるが、愛妻家で有名だ。趣味はサーフィン、奥さんは海で捕まえたそうだ。

「ほらほら、早く帰ってあげな！　ぎゅーってしてあげな！」

日向が片手でバシバシと俺を叩《たた》いて、もう片方の手を頬に当てて照れた素振りをしている。

兼広さんも、うんうんと同意を示す。

「大事にしろよ。おまえみたいな朴念仁《ぼくねんじん》のところに嫁いできてくれたんだから、最大限幸せにしてやらなきゃいけないぞ」

俺はふたりと、さらにその周りでニヤけながら事の成り行きを見守っていた同僚たちに一礼して、大宝製薬《たいほうせいやく》第一開発室のオフィスを出た。


職場のある大井町《おおいまち》の駅からりんかい線で自宅マンションのある東雲《しののめ》まで。駅は豊洲《とよす》が最寄りだが、東雲からも遠くはないので歩くことにしている。

製薬会社の開発室に勤めて六年になる。

大学の薬学部で学び、尊敬する教授を追って別の大学の院に転学し、現在の職に就《つ》いた。

周りは研究職とひとくくりにするが、実際の俺の仕事は開発という部門になる。実験よりも臨床試験を企画し、モニタリングし、データ化するのが仕事だ。

ピペットを持ち、マウスを使い、細菌を培養して毒性を調べたりする研究職も考えたが、どうやら自分は体系的に物事を捉えるのが好きなようだ。同じ研究の分野でも、薬の効果をまとめ、分析するほうが性に合っている。

なので、今の仕事は大変充実しているし、満足している。

ただ、大学時代からここまで研究開発に没頭し続けてしまった。女の子とデートするより、論文を書いていた。そんな若き日……。

悪い青春ではなかったが、確かに両親が心配しても無理はなかったかもしれない。

そんな俺に、こんなに急に嫁さんができるなんて、俺が一番驚いている。

自分で買った分譲マンションのドアに鍵を差し込み、開けると、音を聞きつけた彼女が顔を出した。

同居一週目の彼女は初々《ういうい》しいカフェエプロン姿で、わざわざ玄関まで俺を出迎えに来てくれるのだ。

「高晴さん、おかえりなさい」

「雫さん、ただいま」

俺を見上げて、ふにゃっと笑うあどけない笑顔。

ああ……ああ……。

俺は愛しさに呻《うめ》きそうになるのをぐっとこらえ、拳《こぶし》を握った。

「夕食、カレーなんですけど好きですか？　中辛で大丈夫ですか？」

「カレーは好きです」

「よかったぁ。ところで、カレーって金曜日のイメージありません？　私、給食が金曜はカレーってことが多かったんですよねぇ」

そんなことを言いながら、パタパタとダイニングに戻っていく後ろ姿を見て、俺は毎日のように悶絶《もんぜつ》しそうになっている。

「高晴さん？」

いつまでも廊下から進まない俺を、引き返してきた彼女が心配そうに覗き込む。

「なんでもないですよ」

呻き声を必死に呑み込み、俺はなるべく平静を装って答えた。変な態度にならないように、もう少し落ち着かなければ。

リビングに入ると、香辛料のいい香りが鼻を刺激した。いそいそと鍋に向かう奥さんの背中に声をかける。

「お腹が減ったので、カレーは大盛りにしてもらってもいいですか？」

「え～？　夜に大盛りですか？　太っちゃいますからね」

そんなことを言いながら、嬉しそうに鍋をかき回している。

たくさん食べると喜んでくれるのは、ここ数日でわかった。彼女が喜ぶ顔が見られるなら、多少太ったって構わない。

「仕方ないな〜」

呟く唇が尖《とが》っている。

無意識なんだろうなと思うと、胸がぎゅうっと締めつけられる感覚がした。

ああ、ああ……俺の奥さんが可愛い。世界で一番可愛い。ふにゃふにゃ笑うところも、甘い声も、俺の周りをくるくる動き回るところも。

俺の奥さんが、めちゃくちゃ可愛い……。

「はい、ごはんですよ〜」

俺の奥さんである雫は、要望通り山盛りのカレーを俺の前にどすんと置くのだった。

可愛い奥さんと手作りの食事。向かい合って笑顔で始まる食卓。

結婚……してよかった……！


お見合いをしてみない？

母親に持ちかけられたときは、正直『またか』と思った。『たまには帰ってきなさいよ』と実家まで呼び出された理由に、俺は天を仰《あお》いだ。

過去二度の失敗を、母は忘れているようだ。

これまでのお見合いには、黒星がふたつついている。

確かに二度とも俺自身が乗り気ではなく、相手を退屈させてしまった自信はある。元々口下手で表情に乏しい俺がむっつり黙り込んでいたら、未来の夫として楽しい家族設計は描けないだろう。

女性たちには悪いことをした。

しかし、結果として二度のお見合いは失敗でよかったのだ。

男三十歳、結婚を考えるにはまだ早い。特に俺のような業種は大学院や研究室に居残ったりして、社会に出るのが遅くなる。今はまだ下積みだ。

仕事に集中したいし、ひとりで自分のことはある程度できるのだから、縁がなければ一生ひとり身でもいい。

同期の日向いわく、『忙しい職業なんだから、仕事で時間が取れなくなる前にパートナー捕まえとかなきゃダメよ』だそうだ。

そんな日向は、大学時代から十年以上付き合う男性がいる。自分が研究職に就きたいという夢を早い段階から相談し、彼には福利厚生のしっかりした大手一般企業に就職してもらったそうだ。

『これで、私がいつか妊娠出産しても、彼が育休を取ってくれるから、早く職場復帰できる』という日向は用意周到というか、なんというか……ある意味、尊敬するほどの計画性だ。

しかし、そんなに準備万端に生きている人間はなかなかいないのだ。

研究に没頭した俺には、一度か二度しか恋愛のチャンスは巡って来ず、そのどちらも一、二度の逢瀬《おうせ》で終わってしまった。割り切った身体の関係はともかく、恋愛の経験はほぼない。

ほらな、一生ひとり身のほうが現実感ある人生設計だ。

『見てちょうだい。この子なんだけど』

母がお茶請けのもなかでも差し出すみたいに、スマホを渡してくる。どうせ振袖を着た、お決まりのポーズの女性が待機しているのだろう。

俺は渋々画面を見て固まった。

おすましした女性はいなかった。

液晶画面いっぱいに映っているのは、温泉の浴衣姿の女性だった。一瞬、見てはいけないものではないかと思ったくらいだ。

彼女は明らかに湯上がりで、無造作にまとめられた髪から後れ毛がうなじに幾筋も垂れている。浴衣の襟《えり》元は少し乱れていた。

理由は右手のビールグラスだ。

赤い頬からも、彼女がほろ酔いなのがわかる。酔いのせいか、笑顔はとろとろにとろけ切っていて、いかにも上機嫌というのが画面越しに伝わってくる。

温泉の宴会で酔っ払った湯上がりの女子、というスナップ写真だ。

……お見合いにこれを出されると想像できるだろうか。

しかし、俺はそれ以上に衝撃で固まっていた。

可愛い……。

写真の女性はとても可愛らしかった。

濃いミルクティー色の髪、柔らかそうな唇、甘えた猫みたいな瞳に、隙だらけのふにゃふにゃの笑顔。

弁解をするなら、俺は酔った女性を可愛いと思ったことはない。どちらかといえば『だらしない』と判断するし、そんな女性を持ち帰ろうとする男は、よほど飢《う》えているのだと考える。

しかし、俺は彼女が酔っているのを差し引いても、『可愛い』と感じてしまい、さらに言葉をなくして固まったのだ。

女性の好みなんて深く考えてこなかったけれど、彼女を見ているとまさに好みとはこういう女性なのだと思えてくる。自然体の笑顔も柔らかな雰囲気も理想的だ。もっといろんな角度で見てみたい。声を聞いてみたいし、実際に会ってみたい。どうしてしまったのだろう、これがひと目惚《ぼ》れというやつだろうか。

自分の心の大きな揺れに、俺自身が戸惑う。

『ほら、覚えてない？　あなたが小さいときに遊んだ雫ちゃんよ』

『しずくちゃん……？』

『あなたが三歳から六歳くらいまで、よく一緒に遊んだのよ。私の同級生の里美《さとみ》さんの娘さん。私立の女子大を出て、今、女性下着メーカーのニケーに勤めてるの』

俺は首を傾げた。情報が整理できない。

『俺は、以前彼女に会ってる？』

『そうよ、雫ちゃんは本当に小さかったから忘れてるかもしれないけれど、あなたまで忘れてるの？』

つまり、お見合い相手は母の友人の娘さんで、俺は小さい頃に遊んだことがあると。それがこの写真の女性だと。

『ああ、そうだ。あなたよくベアぞうを貸してあげたじゃない。雫ちゃんが泣くたび、ベアぞうを抱っこさせてあげて慰《なぐさ》めてたわよ』

ベアぞう……それは俺が幼少期、常に抱いていたクマのぬいぐるみだ。五十センチくらいある大きなテディベアで、どこに行くにもお供させていたものだ。

言われてみれば、思い出してきたぞ。

まだ実家が都内にあった頃だ。母はよく友人を家に招いた。その中で何度か小さな女の子がついてきたことがあった。

俺が覚えている範囲での彼女は、よちよち歩きから、走り回りペラペラ喋る幼児期くらいまでだ。一年半程度の期間だろうか。

母親たちがお喋りに夢中になっている中、俺は彼女を押しつけられ『遊んでらっしゃい』と言われる理不尽に、首をひねったものだった。

なにしろ、相手は赤ん坊に毛が生えた程度の幼児だ。幼稚園児だった俺は、すぐに泣いてしまう彼女に手を焼き、何度目かにベアぞうを貸してやったのだ。

これは効果てきめんだった。彼女はベアぞうをいたく気に入り、俺の家に遊びに来るたび、『くましゃん』とベアぞうを所望するようになった。

ご機嫌に笑っていれば、小さな女の子は可愛いものだ。

兄弟のいなかった俺は、たまにやってくる少女にベアぞうを貸してやっては、おままごとの相手をした。いつも帰り際、今日こそベアぞうを連れていかれてしまうのではないかと怯《おび》えていたが、毎度彼女は素直に返してくれた。

彼女からすれば、この家で会える友人がベアぞうと俺だったのだろう。

そんな彼女の名前すら、俺は覚えていなかった。

え？　ベアぞうを『くましゃん』と呼び、嬉しそうに抱えていた小さな彼女が、この写真の雫さんってことか？

『美人になったでしょう？』

母が得意げに言う。

母が自慢する理由はないのだが、確かに美人だ。最高に俺好みの美人だ。

『聞けば、あまり男性とのお付き合いに興味がある感じじゃないんですって。お休みの日は家で本ばかり読んでるそうよ。おとなしい子なのね』

こんなに可愛い女性がインドア派？　嘘《うそ》だろう。

普通、こういうモテそうな女子は、休日は女友達と買い物して回り、カフェでパンケーキを食べ、エステやヨガに通うものじゃないのか？

飲み会に行けば引く手あまたで、男たちに囲まれて困った顔をしているタイプに見える。常に彼氏がいて、余裕がありそうな雰囲気の女子だ。

というか、本当に可愛い。

一般的な美的感覚で言えば、女優やモデルほど可愛いわけじゃない。しかしすごく可愛いと感じるのは、俺の記憶の片隅に、あのベアぞうを抱いた少女がいるからだろうか。……いや、今日この瞬間まで忘れていたんだから、素直に認めよう。

ものすごく好みなのだ。この雫さんという女性が可愛いのだ。撃ち抜かれるほどに、ひと目惚れしてしまったのだ。

『どう？　会うだけ会ってみない？　会ってみて性格が合わなければ、仕方ないじゃない』

『そうだね……』

本当は心の中で、イエスを連呼していた。

しかし、ここでがっついてはいけない。

息子が超乗り気と知ったら、母はなんとしても縁談をまとめなければ、と張り切って余計なお節介を焼くだろう。

『会って、父さんと母さんが納得するなら付き合うよ』

俺の返答に、母は困った顔で笑った。きっと、今回も脈無しかと思っただろう。

違う。

違うのだ。

三回目のお見合いにして、俺は超絶本気だ。

どうにかして、この縁をものにしなければいけない。


新幹線で帰宅した俺は、まず台本作りにかかった。

なぜなら、お見合いはたった二週間後だ。できることは限られている。

自慢じゃないが、俺はコミュニケーション能力に難アリの口下手男だ。さらに恋愛経験値の低さには定評がある。

童貞こそ捨てているものの、女性を魅了するだけの話術もセンスもルックスも持ち合わせていない。せめて見苦しくない程度には整えてある髪や服装で、どこまで勝負ができるだろうか。

そこで必要なのが台本だ！

俺の人生にはあなたという存在が必須であるということを端的に述べ、結婚すればもれなくついてくる特典を解説、将来的にも損はさせないということを理解してもらわなければならない。

彼女がお得感を覚え、『今が買い時』という心理になってくれたらこっちのものだ。

俺は台本作りに励《はげ》んだ。

なお、文章力に自信はない。これまた自慢じゃないが、国語の文章問題は本文を読まずに、あり得そうな答えに丸をつけて乗り切ってきたくらいだ。

何時間もかけて書き上げた台本は、念のため、同僚の日向にチェックしてもらった。日向は『マジで？　台本ってマジで？』とかなり引いた顔をしながらも、添削をしてくれた。

日向よ、おまえにはわかるまい。

俺はこの縁談をなんとしてもまとめたいのだ。そのためには、言葉を尽くして有益な男であるアピールをしなければならないのだ。

つまりこの台本は、俺の結婚のための生命線と言っても過言ではない。

日向に添削してもらい、親の憂《うれ》いをなくしたいことや、会社の体質的にも身を固めたほうが出世に有利など、少々大袈裟《おおげさ》な内容を盛り込み、台本はでき上がった。

覚える作業は、毎晩風呂場で湯船に浸かりながら実施した。彼女の顔を想像し、どんな反応が返ってくるか考えながら、笑顔の練習も兼ねて行った。

結果、二週間後のお見合いで彼女から即日ＯＫをもらえたのだから、俺の策は功を奏したと言えるだろう。

実際のところ、台本の半分も喋れなかったし、要点を早口で説明しただけだったんだがな。

あと、笑顔はたぶん一度も見せられなかったと思う……。

よくOKしてもらえたものだ。一生分の奇跡を使ってしまったような気もする。

ともかく俺は、ひと目惚れの幼馴染《おさななじみ》と結婚する運びとなった。

約ふた月の結婚準備期間を経て、今年一月、めでたく式を挙げたのだった。


二十三時、俺と彼女はリビングにいる。

俺はダイニングテーブルにノートパソコンを持ち出し、仕事のメールを返している。

彼女――雫はソファに腰かけ、頬とおでこにコットンを貼りつけている。スキンケアをしているようだ。

「女性はやはりそういうことをするんですね」

まだ抜け切らない敬語で話しかけると、こちらを振り向いてへらっと笑う彼女。

コットンがいくつも貼りついているのに、間抜けには見えない。こんな顔も可愛い。

「本当は、毎日しっかり保湿しなきゃいけないんですって。私はたま～にしかやらないんです。ズボラだから」

これほど可愛いのに、雫はあまり化粧品に金をかけている様子がない。

彼女の目の前にある化粧水は庶民的なメーカーのものだし、洗面所に置いてあるファンデーションや化粧下地、風呂場のシャンプー、コンディショナーまでスーパーで買えそうなものだ。

お金をかけなくても可愛いってことは、俺の奥さんは素材が最高にいいんだな！と俺はひとり納得している。

ちなみに、表向きは『雫さん』と呼んでいる俺だが、心の中では『雫』と呼び捨てにしている。残念ながら、まだ口に出す勇気はない。

さて、今日もそこそこの時間になった。

俺は二十四時にはベッドに入ろうと思っているんだが、彼女はどうだろう。

メールなんか、とっくに返し終わっている。

なんとなくネットニュースを読みながらそわそわと空気を窺《うかが》っている俺の目に、スキンケア用品を片付ける彼女が映った。

チャンス到来か？

洗面所に用具を戻したり、自分の棚にコットンやヘアバンドをしまうと、彼女はキッチンでミネラルウォーターをごくごくーっと飲み干した。

「よーし、じゃあ私はお先に寝ますね」

「あ、ああ」

言え、高晴！　勇気を出して立ち上がれ！　そして言うんだ。『俺も寝ようかな』と！　ふたりで同じタイミングで寝室に入るんだ！

「高晴さんも、ほどほどにしなきゃダメですよ〜」

「ありがとう。そうします」

ほら、今だ！　『それなら俺も』と腰を上げろ。

彼女はきっと待っていてくれる。

今夜、同じベッドで眠れなくても、同じタイミングで就寝する。

それが俺たちの第一歩に繋がるんだ！

「おやすみなさーい」

「おやすみ、雫さん」

……できるものか……。　できるわけないだろ、俺に……。

できてたら、とっくにやってる。結婚して一週間、嫁さんと初夜を迎えられないなんて体たらくに陥っていない‼

俺は閉じたノートパソコンに突っ伏《ぶ》し、声にならない呻きをあげた。

せっかく想い人と結婚できたのに、俺は彼女を妻として抱けていない。この一週間、何度となくチャンスはあったのに、踏み切れなかった。

思えば、彼女がお見合いでの緊急プロポーズを受けてくれたところから、俺の心は喜びと同時に不安に支配されるようになっていた。

どうして、彼女が俺との結婚を承諾してくれたのかわからない。

聞けば、読書が趣味でインドア派であるという彼女。俺の提示した条件が、彼女の穏やかな生活に合っていたのかもしれない。この人なら将来苦労せず、好きな仕事をしつつ、休日は趣味の読書に没頭できると思ったのかもしれない。

それならいいのだ。俺は、彼女にメリットを提示したつもりだ。

しかし、夫婦契約イコールすぐに性交渉OKか、と言われると自信がない。結婚なのだから、そこも織り込み済みといえばそうだ。

しかし、俺は言った。子どもを持つかどうかは彼女に任せる、と。つまりは子どもを作る行為自体の判断も、彼女にゆだねたことになる。

女性に任せるなんて、そんな無責任な。男として、こういったことはリードすべきだ……と考える俺は確かにいる。

しかし、絶対に嫌われたくなく、なんとしても生涯円満に、ともに幸せに暮らしたいのに、妻に『え？　そんなつもりなかったんだけど』なんて死んでも言われたくない。デリケートな部分だからこそ、早まりたくないのだ。

そのため、俺は同居初日の夜、彼女にひと言の様子伺《うかが》いすらできず、ひとり寝室に逃げ出した。

ここまで様々な言葉で言い訳してきたが、簡単に言えば俺は怖気《おじけ》づいたのだ。

下手なことをして嫌われたくない。そうだ、今夜急がなくたっていいじゃないか。

ゆっくりと時間をかけて、彼女の真意を見極めていけばいい。

もっと仲が深まれば、家族計画について話し合うことも出てくるだろう。性交渉を持つか否かは、そこで話し合えばいいじゃないか。

童貞に毛が生えた程度の俺にできる、精いっぱいの問題先延ばし案だった。

結果だけ見れば、俺のこの行動は正解だったのかもしれない。

今夜だって、彼女は俺を気にすることなく先に寝てしまった。あそこで早まらなくてよかったのだ。彼女は俺を人生のルームメイト程度に思っていて、性的な対象としては見ていなかったのだろう。

だから、どうにもならない不甲斐《ふがい》なさを感じる必要はないのだ。緩やかに距離を縮めて、いつかそうした関係になれればいいじゃないか。

焦《あせ》らなくていいんだぞ、俺！

俺は薄いインスタントコーヒーを一杯だけ淹れ、時間を潰してから寝室に入った。

雫はすでに健やかな寝息をたてていて、その愛しい寝顔を常夜灯の灯りでしばし楽しんでから、俺は自分のベッドに入ったのだった。


翌朝、七時に揃って目覚ましで起きる。

朝が弱いと自分で言っていた雫は、それでも毎朝気合いで起きてくれる。

遅番の日などは、俺に合わせなくてもいいと伝えてあるけれど、『一緒に朝食を食べたいじゃないですか』と微笑まれたら、頷いてしまう。

とはいえ、エンジンがかからなそうな彼女は、緩慢な動作でコーヒーメーカーを起動させ、トースターにパンを二枚セットするのがやっとといったところだ。

自分の仕度をしつつ、俺は彼女に気を使わせない範囲で、無糖ヨーグルトを小さなガラスボウルに入れたり、チーズを用意したりする。

テーブルが整えば朝食だ。

俺はすでにワイシャツとスラックス、髪もぴっちりと撫でつけた状態で、いつでも出勤できる状態だ。

彼女は今日は遅番なので、まだルームウェアのまま。早番の日でも、俺より三十分は出勤が遅い。

「いただきます」

声を合わせて、手も合わせる。

ふたりの食卓は心地いい。ふたりのペースで、できる範囲のことを工夫してやる。居心地のいい新婚夫婦の生活だ。俺たちは付き合う間もなく結婚をしたけれど、こうした生活は今のところ、つつがなくストレスなく送れているように思う。

「今度、ハムエッグくらいつけますねぇ」

「それは俺の休日に、俺が作りますよ」

「目玉焼きだとお醤油《しょうゆ》なんですけど、ハムエッグになるとソースって感じしません？」

「俺はどちらも塩コショウで食べてました」

「ほぉ～」

そんな他愛《たあい》のない会話だけれど、俺たちには貴重な意見の擦《す》り合わせだ。そうか、彼女は醤油かソースなのか。覚えたぞ。

「今夜は遅いので、お夕飯は各自でお願いしますね」

「ええ、そうしましょう」

俺たちはニコッと微笑み合って朝食を終えた。

すっぴんの彼女も可愛い。眠たそうな顔も可愛い。

はあ、俺はこんなに可愛い奥さんをもらったんだ。急ぐことはないさ。彼女はこの先も俺のものなんだから。


その日の帰宅は、結局俺もずいぶん遅くなってしまった。

夕方からの定例会議に、なんの思いつきか社長と会長が乱入し、『せっかくだから最初から経緯説明を』なんて流れになったのが悪かった。

会社のトップ陣とはいえ、研究開発の分野は専門的すぎてわからないことも多い。そこを用語解説も交え、途中まで進んでいた話を一からやり直した。

正直、素人《しろうと》は黙っていていただきたいような突っ込みも多く、俺をはじめとした多くの同僚たちは、ため息ものの長丁場だった。経営陣向けに専門的な用語を省いた報告会も定期的にやっているのだから、そちらを聞いてくれたほうがお互いのストレスがないと思うのだが……。

徒労感を覚えつつ帰路の電車に乗り、東雲の駅に降り立つ。家までは徒歩で十五分。駅から出て歩きだすと、前方に見知った後ろ姿を見つけた。

「雫さん」

　俺の声に振り返ったのは雫だ。

　赤のフレアスカート、ベージュの温かそうなコートを着て、黄色と赤のチェックのマフラーをしている。柔らかな髪は、仕事中はまとめていることが多いそうで、今日はサイドに緩く三つ編みにしている。

　振り向いた彼女が、驚いた顔をする。

「高晴さん、やだ、こんな時間になっちゃったんですか？」

　時刻は二十三時半。

　今日彼女は遅番で、俺はとっくに帰っているものと思っていただろう。

「会議が長引きました」

　ラッキーだ。おかげで彼女と帰ることができる。並んで歩ける。乱入してきた社長たちに一転心の中で感謝する。

「高晴さん、お夕飯は？」

「食べていません」

「あ、ホントに？　私もです。帰ってなにか作りましょっか？」

「疲れているでしょう？　コンビニでカップスープとサラダでも、買って帰りませんかか？」

　雫がほっとしたように頬を緩める。

　腹は減っているから、本当はがっつり食べたい。だけど、これから彼女が作るのは可哀想だ。材料だって家にないかもしれないのに。

　かといってラーメンやファミレスじゃ、女性には高カロリーになってしまうだろう。

　俺たちは一番近所のコンビニで、カップスープをふたつ、大きめのサラダをひとつ、サラダチキンとおにぎりをひとつずつ買って帰宅した。

「高晴さんは明日もお仕事でしょう？　こんな時間になったら、朝起きるの大変ですよね」

　お湯を沸かしたり、テーブルを拭いたりしながら雫が言う。

　俺は、スーツから部屋着の長袖Tシャツに着替えて答えた。

「たまにですからね。思ったより激務ではないんですよ。雫さんは明日、お休みでしょう？」

「ええ、のんびりさせてもらいます」

「なにをして過ごすのですか？」

　俺の問いに雫がたじろいだ。あからさまに視線が泳ぐ。

なんだ？　俺は無神経なことを聞いてしまったか？

「えっと……読書……ですかね」

ようやく雫が小声で答えた。

読書、やはり趣味なんだな。

「たくさん本を読まれると、お見合い前に母から聞いたことがあります。どんな本を読まれるのですか？」

「うえ、ええと、……フッーですよ。フッーの現代文学」

俺が何人か有名な作家を挙げると、彼女は「そうそれ！」と俺を指差した。

といっても俺も本を読むほうではないので、若い世代が好きそうな作家の名前を挙げただけなんだが。

「ミステリーとか恋愛小説とか、好きなジャンルはあるんですか？」

そうだ、本好きな彼女に今度気の利いたプレゼントをするのはどうだろう。花やスイーツのプレゼントもいいが、趣味の本を贈るなんてセンスのいい夫じゃないか。どんなジャンルを読むか、聞いておかなければ。

「はは……私、割と雑食なのでなんでも読むんです。恋愛もミステリーも、歴史ものもホラーも」

「へえ、そうなんですね。今度オススメを教えてください」

彼女が苦笑いを作る。

なんだろう。好きな話題を振っているはずなんだが、どうも反応が鈍い。

「ええ、じゃあ選んでおきます」

「俺はあまり本を読むほうではないので、初心者向けでお願いします」

彼女は目を泳がせたまま、カップスープにお湯を入れ、サラダを取り分けた。さいの目に切ったサラダチキンを載せる。

「はは、わかりました。明日は……買ったばかりの新刊を一日かけて読むんです。はは……」

夕食は普通に済んだ。

いつも通り他愛のない会話をして、風呂をためるのも面倒なのでシャワーにし、俺が先に浴びた。

彼女がシャワーを浴びている頃、寝室に引っ込んだ俺は頭の下に腕を敷き、天井を見上げていた。

本の話題を振った彼女はあまりいい顔をしなかった。彼女の趣味だというから話のタネにと思ったのに。俺のような『読書はしないが、手を出してみようかな』という態度は、本好きの人間には鼻につくのだろうか。にわか野郎に思えたのだろうか。

……待てよ、彼女がおどおどしていた理由は、本ではなく明日の予定じゃないのか？　もしかすると、一日中本を読むというのは表向きの予定なのかもしれない。彼女は、出かけるつもりなのかもしれない。

そして、それは夫には言いたくない場所なのかもしれない……。

俺は、彼女にとって居心地がよく、将来にわたり安定した生活を送れる相手として自分をプレゼンテーションした。

彼女はそれに乗った。

しかし、そこに恋愛感情は介在していない。

俺は『介在』している！　恋している！

しかし、彼女は違う。

……これは本当にただの邪推なのだが、もしも彼女に他に好きな男がいたとしたらどうだろう。明日は、その男と会う予定だったりして……。

俺は天井を睨み、戦慄《せんりつ》した。

どうにか結婚にこぎつけた妻が俺のものではなかった場合、俺はどうしたらいいのだろう。

第三章　いざ尋常に勝負！

「市川……じゃなかった、榊、どう？」

カーテン越しに声をかけられ、私は顔だけにゅっと試着室から出した。

「可愛い！　です！」

「でしょ？　〝大人無邪気〟っていうのがテーマの新作よ」

試着室の前で腕組みしてドヤ顔しているのは、本社営業企画の徳島《とくしま》あずみ先輩。

私とは同じ大学出身で、年は五つ上だから在学年は被《かぶ》っていないけれど、仲良くしてくれている人だ。彼女が店舗に顔を出したり、私が本社に会議で行ったりで、月に二、三度は顔を合わせている。

今日は私の勤務するニケー原宿店に、二月に新発売する下着を何点か持ってきてくれたのだ。

ちなみに、女性スタッフが試着するのはうちの会社では恒例。希望者のみだけど、アルバイトでも社員でも試着ＯＫ。気に入れば定価の三割引きで、最新作の下着が発売前に買えてしまう。

私が着ているのは、ベビーピンクの愛らしいブラジャーだ。衛生上試着はできないけど、セットのショーツもある。

十代や二十代前半の子が着るような派手さや華やかさはないけれど、エレガントでシック。なのに地味じゃなく、ちゃんと可愛い。

大人無邪気ってセールステーマはちょっとこっぱずかしい感じはするけど、まあいいんじゃないかな。うん、わかる気はする。

納得して試着室の中に引っ込むと、着替えながら徳島先輩にカーテン越しに感想を伝え続ける。

「この前の秋冬の新作も可愛いかったですし、新しいデザイナーさん、腕前最高ですね～」

私は試着室で、新作下着を脱ぎながら声を張る。

ニケーは国内老舗《しにせ》女性下着メーカー。社員数約千人、直営店を全国で二十店舗構え、大型スーパーや百貨店には必ず売り場を設けている。国内工場での生産を謳《うた》い、質のよさで勝負してきた。

社内に腕のいいデザイナーはたくさんいるけれど、昨年からいくつかのシリーズをフリーのデザイナーに外注している。

「鳥居《とりい》さんね、すごくいいわよねぇ。打ち合わせで何度もお会いしてるけど、中性的な男性よ」

外部起用は新鮮さを失わないためにということだけど、確かに鳥居さんのデザイン、よく売れてるんだよなぁ。他の商品と比べて、ちょっと割高でも手に取る女性は多い。

「男性だからこそなのかなぁ。女性が自分では見えづらい、美しいラインを知っているっていうか」

ブラジャーをたたみ、セットのショーツと合わせると、元の格好に戻って試着室を出た。

「あら、榊いいこと言う。今度、打ち合わせについてらっしゃいよ」

「ええ～私、店舗の人間ですよ～」

「直接お客様の反応を見てるのは、あなたたちだもの。本人に伝えてあげて。……ところで新作は？　その感じだと、買う気なんでしょ？」

私はニヤニヤと下着を抱きしめた。

「えへへ、買って帰ります～」

服装は身だしなみさえ整っていればいいってタチだから、メーカー勤務のくせに下着まで気を回していない。自社製品って、こういう機会でないと買わないいんだよね。

そして私が持ってるラインナップからしたら、今回購入の新作は格段に可愛くておしゃれなセットだ。

ふふふ、新婚の妻が可愛い下着を準備するって、めちゃくちゃエッチではないですか!

私がニマニマしているので、徳島先輩が目を細め、からかうような表情になる。

「やーらしい顔してるわねえ。やだやだ、新婚って」

「徳島先輩だって、一昨年《おととし》はこんなだったと思いますよ!」

徳島先輩は一昨年に結婚している。

ちなみに彼女は社内では旧姓で通しているので、部署が違えば彼女が独身だと思っている人も多い。

美人だからいまだにモテるけれど、ご主人ひと筋なんだよね。徳島先輩は、フルタイムで働く奥様としても先輩だ。

「市川……じゃなかった。榊……ああまだ呼び慣れないわね。あなたがこんなに急に結婚するとは思わなかったわ。結婚なんて、興味なさそうに見えてたもん」

「そうですか? こう見えて、いい奥さんしてるんですからね!」

私は胸を張り、同時に徳島先輩鋭い、と思う。

確かに、結婚に興味はなかった。〝まったく〟と言っていいほど。

「なぁんか様子見てると、ご主人とも超円満って感じだわね。マイペースなあなたとウマが合うのかしら」

「かもしれないですね～。円満です～」

マイペースかぁ。上司や同僚の私への評価は、『仕事はきちんとこなす』けれど、『マイペース』『のんびりおっとり』だ。

我儘《わがまま》で独善的なのではなく、ひとりで黙々と仕事をするイメージみたい。こだわりが少なく主張より協調を取るので、周囲との軋轢《あつれき》は少なく、マイペースという言葉の意味よりは、私と勤務するのはやりやすいと思う同僚が多い様子。

出世主義の同期からは『あれは作戦。評価を上げるために媚《こ》びてる』なんて陰口を叩かれたこともあるけれど、彼女たちは決定的に間違っている。

私は評価を上げたいんじゃない。休日を余すところなく趣味に使うため、面倒事にならないように生きているのだ。

その結果が、マイペースでおっとりなのだ。

仕事とは生きるための術《すべ》であり、私の人生は余暇にある。

好きなことを好きなようにするために、お金がいるから働いてるのよ。

だって、紙でも電子書籍でも本を買うにはお金がいるじゃない。好きなアニメは円盤でとっておきたいじゃない。

公式設定資料集が出たら、迷うことなく通販サイトでお買い上げだし、ドラマCDが出たらまとめ買いして、全巻購入特典のクリアファイルとトートバッグなんかをもらうじゃない。使うところはないんだけどね。

コラボカフェはオタ友と並んで、ひと通りメニューを頼むじゃない。

つまりは、ライフ・イズ・マネーなのよ。

マネーのためのワーキングよ。マイペース上等、私の人生は会社の外。

「それじゃ、榊、私は行くわね。今度シフトに合わせるから、飲みに行きましょ」

徳島先輩に言われ、私はめまぐるしく回転させていた脳を通常運転に戻した。

いかんいかん、エンジンかかると止まらないんだ、私の趣味脳は。

「イエッサー、ボス」

ふざけて敬礼すると、徳島先輩がにやっと笑った。

「下着、ご主人の感想を聞かせて。男性から見てどんな感じか」

「ぶはっ！　か、かかかか、感想……ですか⁉」

私は頬をかーっと熱くし、壮絶にどもった。

感想って……そんなの聞ける関係じゃないんだけど。

私の赤面を『照れ』だととった徳島先輩は、「ふふっ」と指先を上品な唇に当てて微笑む。

「素材もね、初めて使うシルクなの。だから、手触りとかも聞いておいて。クロッチ部分もヒップラインも。脱がされる前にたっぷり触ってもらうのよ」

「ちょ、ちょっと、なんなんですか！　徳島先輩！　ものすごいセクハラ！　やだもう！　訴えて慰謝料取ってやる！」

「やあだ、マーケットリサーチよ。仕事熱心なだけなのに」

精いっぱい反撃する私をからかって、徳島先輩は青空の明治《めいじ》通りへ出ていった。

私はその背中を見送り、二十分後の開店に向けてスタッフと準備に戻る。

はあ、焦った。やめてほしい、ああいうからかい方は。セクシャルなネタはかわし方がわからないったらないよ。

さて、今日はいい天気。気温も少し高いみたい。

この店舗の責任者は私で、あとは契約社員とアルバイトを合わせて十二人で回している。

原宿の路面店は、ニケーのフラッグシップショップだ。若いお嬢さんからご年配のご婦人までご愛顧いただく、女性の味方のランジェリーショップ。

私は肩を回し、今日も忙しくなるぞ、と気合いを入れる。

一生懸命仕事して、帰ったら旦那さんにごはん作って、そしてそのあとは……。今日買ったこの新作下着で……旦那さんをドキドキさせちゃったりなんかして……。

そこで私は、はたと動きを止めた。

ええと、あれ？　下着でドキドキさせるってことは、下着姿にならなきゃいけないわけでしょ。それってもうベッドの上だよね。今まさに開戦って状況だよね。

つまりは、そこまでに至ってない私と高晴さんの場合は、どうしたら……いいんでしょうか。

早速無用になってしまいそうな下着を思い、私は愕然とした。


帰りの電車は帰宅ラッシュでぎゅうぎゅうだ。朝よりはマシだけど、やっぱり酸素が薄い。

電車に乗っている時間は三十分ほど。あまり長時間じゃないことが救いだ。

結婚して職場は近くなったなぁ。実家から通っていた頃は、電車とバスで一時間以上かかってたもん。

……市川あらため、榊雫。

結婚、そして同居から一ヶ月が経った。私はつり革に掴《つか》まり、ふうとため息をつく。

まさか、まだ処女のままだとは思わなかった――‼

本日時点で、私と高晴さんにはなんっっっにも起こってない。清い清い関係を継続中だ。

同じ部屋で寝起きし、一緒に食事を摂《と》り、同じ湯船も使うけど、なにも起こらない。険悪ではない。そこは強調するけど、私たち結構仲良しだと思う。

少しずつ敬語をやめていこうねって話もしてるし、食卓ではそれぞれ会話する努力もあって、気詰まりだったことは一度もない。

無口な高晴さんが一生懸命話題を探してくれる姿はちょっと悪いような、でもありがたいような……。表情に乏しいのは相変わらずだから、ときどき私は『今、怒ってるかな？』とか様子を窺ってしまうことはある。

お風呂上がりや着替えはお互い気を使い合って、気を抜きすぎた姿は見せないようにしてる。私がだらしない姿を見せたくない、っていうのが大きいんだけどね。節度って大事だしね！

私たち夫婦を見て、『気を使い合ってる』状態がおかしいって言う人もいるかもしれない。

でもね、そんなことはございませんよ!

普通のご夫婦なら『気を使わない』は大前提だと思う。でも、私たちの出会いから結婚を考えたら、今の距離感ってすごーくいい感じのはず。

知らない者同士がお互い未来のために、ともに生きましょうって誓い合って暮らし始めたんだもの。

こんなふたりが、気を使い合わないフランクな関係にいきなり移行できる? できんわーい! 小学生の男女じゃないんだから! このほどよさが大人の距離の詰め方でしょーが!

……と、まあ、この持論でいきますと、私と高晴さんが一線を越えていないのは頷ける展開と言えてしまう。

でもですね、勝手ながらそれとこれとは別な話って気持ちもあったのよ。

だって、引き合いに出すのはあれかもしれないけど、昔々のご夫婦は知らない者同士のご結婚でも、祝言の夜には結ばれたんでしょ?

恥じらいながら抱き合って、翌朝あらためてお互いの顔を見て、夫婦としてやっていこうと決意を新たにするわけでしょ? 身体から繋いで、やがて心も繋いでいくん

でしょ？　夫婦ってそういうものでしょ⁉

はい、この辺直接見たわけじゃないんで、全部妄想ですけれどもね！　私の頭ン中、だいたい妄想だよ！

は～、エキサイトしすぎた。

でも、私はそうなるものだと思っていた。最初は気を使い合う私たちも、身体の交流を通じ、徐々に距離を縮めていくものだと。

でも違った！　私たち、まったくそんな空気にならないんだもん！　どうして高晴さんは、私になにもしてくれないんだろう。魅力ないのかな。うん、我ながら、女性的な魅力は薄いほうだと思う。

胸は小さく、凹凸のないスーパーフラットボディ。

客観的に見て、顔は不細工ではなくても、若干地味めだとは思う。のっぺり顔で、こちらもスーパーフラット。

高晴さんはかなりカッコいい人だ。

今まで恋愛経験がなかったわけではないと思うけれど、過去の女性と比べて私は明らかに魅力ない感じ？

手を出す気にもなれないのかな。安定を求めて結婚をしたものの、やっぱりその気になれない相手だと気づいちゃったのかな。

電車を降りて改札を抜け、思わずため息をつく。早く帰ってごはん作らなきゃと思いつつ、足取りは重い。

高晴さんは私に優しい。だけど、それだけだ。女性に対する当たり前の優しさしか見えない。私個人に興味があるようには、あんまり見えないんだよなぁ。

そこで、私は雷に打たれたようにハッとした。

もしかして……高晴さんってゲイ⁉　この結婚は、まさかのカモフラージュ婚⁉

ああ、あり得そう。あり得るわ、その線。

だって、あれほどイケメンで、女性と浮いた話ひとつないって時点で怪しいじゃない！　人には言えない性的指向があっても、不思議じゃない。

お見合いで知り合った、恋愛に興味なさそうな地味女を嫁にもらって、世間的には既婚者の肩書を手に入れ、裏では同性の恋人がいるのかもしれない。

どうしよう、私の旦那様、女性に興味がない⁉

そして、私、ライトなオタクを自認しておりますが、ボーイズラブも美味しくいただけるクチでございます！

ああ、〝高晴さんゲイ説〟に危機感を覚えつつ、ちょっとワクワクしてる私がいる。

本当に脳みそどうかしてると思ってる！　自分でわかってるってば！

十九時ちょっと過ぎに帰宅すると、すでに高晴さんが家にいた。

「早い！」

リビングに入り、思わず呟いてしまったのは、直前まで勝手に高晴さんの性癖を妄想していたからだ。

ごめんなさい、高晴さん。

薄手のニットにジーンズ姿の高晴さんは、困ったように笑う。

「雫さん、おかえり。早く帰れてしまってすみません……じゃなくてごめん」

謝らせてしまった。私は慌てて首を振る。

違う違う。そうじゃなくて驚いただけだから！　妄想が申し訳なくなっただけだから！

「夕飯について相談してもいいかな」

「なんですか？　じゃなくて、なに？」

お互いを『さん』付けで呼び合っても、敬語はなくすように注意している。だから、言い直すことが最近多い。

「たこ焼きを……買ってしまって」

「へ？　たこ焼き？」

ダイニングテーブルには、たこ焼きが三パック並んでいる。できたてのようでパックの上蓋《うわぶた》は湯気で曇っている。

私は慌ててパックを開けた。

しなしなにふやけちゃったら、もったいないじゃない。

中には、ほかほかのたこ焼きが並んでいる。

青のりと鰹節《かつおぶし》は若干しんなりソースに馴染んでしまっているけど、ビジュアル的には最高に美味しそう！

「駅前に屋台が出ていて……前も一度見かけて買ったんだけれど、美味しかったから」

高晴さんは無表情でぼそぼそと説明する。敬語をやめると言葉尻に困るようで、口下手度が増す。

ブツ切りの言葉から推察するに、美味しいたこ焼きだから夕飯を度外視して、つい買ってきてしまったということかな。

「お夕飯、たこ焼きにする？」

「ごめん、きみに相談もせず」

「たこ焼き大好き！　高晴さん、ありがとう！」

私はすかさず答えた。

だって、夕飯を作る手間が省けたじゃない。それにたこ焼きが好きっていうのは本当だし、美味しいと思うものを私に食べさせたくて買ってきたっていうのは、思いやりを感じるよね。嬉しいな。

私の反応に高晴さんがほっと胸を撫で下ろすのがわかった。かなり少ない表情の変化だけど。

「でも、野菜スープくらい作るね。栄養のバランス的に」

「ありがとう、雫さん。気を使わせてしまったね」

「こんなの、気を使うに入りませーん」

冷蔵庫にはサラダ用の野菜がいくつかあったので、それをそのままスープにしてしまう。あっという間にできるやつにしないと、たこ焼きが冷めちゃうもんね。

たくさんのたこ焼き、レタスとブロッコリーとコーンのスープで、私たちは夕食にした。

買ったばかりの新作下着はまだ私のバッグに入っていて、それが今夜役に立たないだろうことはなんとなくわかっていた。

別にいいんだけど。急いでないし、まだ結婚して一ヶ月なんだし……。

私を女性として見てないとか、ゲイだとかいろいろ妄想はしてるけど、ひとまず全部置いておこう。

いいじゃない。私と高晴さんは円満な夫婦なんだから。


私の目の前には、大量の漫画本がある。

本日、私は休みを利用し、物置にしている部屋でこれらの本の整理に挑んでいる。

優に三箱分のコミックス。

これでも厳選したのだ。残りは処分も忍びないので、自宅に置いてある。私の部屋が片付けられない限り、永久保存できるはず。

嫁入り道具で持ってきた三箱分の漫画は、どれもお気に入りで何度も読み返すものだ。電子書籍にすれば場所は取らないし、高晴さんにこれらを見られる心配もない。

でもね、世の中には『大好きな作品は紙で持っていたい』という人種がいるのよ!

ちなみに商業誌は、この三箱。別に、箱半分くらいの量の同人誌もある。

同人誌頒布《はんぷ》のイベントに行ったことはないけれど、イラスト、漫画投稿サイトで気に入った作品は通販したりするのよね。

商業誌、同人誌ともにジャンルは多岐に渡り、SFから日常系、コアなゾンビホラーもある。恋愛ものなら、ノーマルラブもボーイズラブもガールズラブもある。そして、さらにもうひと箱。こちらにはアニメのDVD、ブルーレイとキャラグッズがぎっしり。

キャラグッズくらいは実家に置いておこうかとも思ったんだけど、見るたびに作品を思い出して「はあ～」と幸せなため息が出ちゃうんだもん。

そんなわけで、箱三つ半の本と箱ひとつ分のグッズ、円盤が目の前に鎮座している。

さて、これらをどうやってしまおう。

いつまでもダンボールだと、高晴さんに片付けないズボラ女と思われそう。かといって、上手にしまわないとこの大量の趣味グッズを見られてしまう。

普通に『これ面白いんですよ』って紹介できる青年漫画だって、全巻プラスアニメDVD、キャラクター公式ガイドまであったらドン引きされる気がする。

そして、ボーイズラブ、ガールズラブが見つかったら、言い訳の余地はない。圧倒的オタクと思われてしまうではないか。

……確かに、私はオタクだと思う。ライトめなオタクだ。やや腐女子でもある。だけど、趣味をひけらかす気はない。オタクは隠すものだと思っている。

だって、私の大好きな世界を、その世界を知らない人に踏み荒らされたくない。『へー、こんなの好きなんだぁ』『どこが面白いの?』『ちょっと意味わかんないんだけど』『もしかして、このふたりでボーイズラブ妄想とかしちゃうの?』

世の中には知らない世界とそれを愛している人たちを、興味本位で傷つけるヤツがいっぱいいいる。

そんな連中に、親切に『この作品はね〜』なんて布教活動したくない。私の好きな世界に、一歩も立ち入ってほしくないんだよ。そして、そんなことで人を嫌いになりたくないんだ。

だから、高晴さんにも私の世界は知られなくていい。高晴さんに『嫁がオタクだった』って思われるのも、『理解できない』って思われるのも嫌。

はぁ、なんか暗い気分になってきた。

やめやめ! 要はバレなきゃいいんだもん。

じゃーん! この日のために、通販で買った衣装ケースが三つ! 大型でキャスターがついていて、不透明な濃いグリーンというお色。

いいですね〜、これで中身は見えないじゃないですか。安心ですね〜。

私はケースに順次、本を入れていった。

ダンボールより収納力が高い。三分の二を本で埋め、その上に衣類を敷きつめた。これで間違って開けられちゃっても、まず洋服が目に飛び込んでくるだけだろう。ナイスアイディア！

ＤＶＤと同人誌、かさばらないグッズも同じようにしまう。

薄い本と言われるだけあって、同人誌は幅こそ取らないけど、Ａ４、Ａ５サイズが多い。クリアファイル類と並べると、まあまあ収まりがいいかな。

小型のフィギュアやコラボ缶バッジ、アクリルスタンドなんかは中にもうひとつ百均で買った紙のボックスを入れ、そこにイン。蓋もして完璧。同じように、こちらは普段使いしないストールやお出かけ着なんかで埋めた。

素晴らしいことに、私の嫁入りオタク道具は衣装ケース三つに仕分けできた。

ダンボールをたたみ、ケースを部屋の隅に並べる。

物置にしているお部屋だから、こうやって置いておいてもいいよね。

満足感と安堵《あんど》感で、心が満たされる。

どれどれ、では早速出しやすさとしまいやすさの確認をしておこうかしら。

私は床に座って、閉めたばかりの衣装ケースのひとつを開けた。読み返そうと思っていた漫画を一巻から五巻まで取り出す。

よーし、コーヒー淹れてリビングのソファで読もうっと。


ついつい読書に没頭して、何時間が経っただろう。

時計は十七時半。現在は二月の終わり、外は薄暗い時刻だ。

そろそろ夕飯の買い出しに行かないとなぁ。

私はソファから立ち上がり、途中まで読んだ漫画を衣装ケースに戻しに行くことにした。元ある位置に漫画をしまい、上から丁寧に衣類を入れているとガチャリと鍵の開く音がする。

え？　鍵？

誰が入ってきたの？　いや、高晴さん以外あり得ないわ！

慌てて残りの衣類を詰め込み、衣装ケースの蓋を閉め、カチリとロックをかけた。

物置の部屋から飛び出すと、ちょうどリビングの戸を開けた高晴さんと鉢合わせした。ばっちり目が合った。

「雫さん、ただいま」

物置から焦った顔で飛び出してきた私に、高晴さんは一瞬訝しげな顔をしたもののすぐに薄く笑った。

「お、おかえりなさい！　高晴さん！　すごく早かったね！」

「ああ、今日は午後から外出で、上司が直帰していいって言うから。俺が新婚だから気を利かせてくれてるんだろう」

「そうなんだ～。上司さんいい人！」

取り繕《つくろ》ってるように見えないかな？　心臓がドキドキしてるよ。たった今まで趣味のブツを広げてたんだもんな～。

「ごめんね、まだお夕飯なにも作ってないの。これから買い物に行こうとしてて」

「いや、急に帰ってきたのは俺だし。……よければ、一緒に買い物に行こうか？」

「え⁉」

私が声をあげたもので、高晴さんがびくっと肩を揺らして遠慮がちにつけ足す。

「雫さんが買い物で、俺は家で風呂掃除と米とぎ……のほうがいいかな？」

「え！　ううん！　そうじゃなくて！　……買い物、一緒に行くのって初めてだなぁって思ったの」

高晴さんと結婚して、なかなかお互いの休みが合わないままここまできてしまった。買い物をふたりでっていうだけで新鮮だ。そんな申し出をしてくれた高晴さんの気持ちが嬉しい。

さっきまでの焦った気持ちがふわふわ消えて、単純な私はしっぽでも振りそうな勢いで高晴さんに歩み寄った。

「できれば、一緒に行ってください。重たいもの、買っちゃっていい?」

「重たいものって?」

「油の大きなボトルとかお米とか」

「あ、ああ……頑張るよ」

高晴さんは少し困惑げに口の端を引いたものの、私の要請を頼もしく請け負ってくれた。

でも、高晴さん、今日は異常に早かったなぁ。この前も早かったし。もしかして、なにか疑われているのかな。実はもうダンボールの中身、確認されてたりして。

いやいや、それは早く帰る理由にならないでしょ。しかし、我ら隠れオタクにとって、オタバレの恐怖というのはいつも全身から脂汗が出るくらい怖いものでして……。

「雫さん?」

「あ、なんでもないの。……エコバッグ、ふたつ用意しなきゃね」

私はごまかすように笑って、キッチンの棚に向かうのだった。

時間も早かったし、少し足を伸ばして大きなスーパーにやってきた。

ショッピングモールの一階に入ってる大型店だ。一度ひとりで来たことがあるけれど、そこそこのお値段がするお店。輸入品なんかも並んでいるし、たぶん少しいいものを求めてくる方が多いのかな。

ここで、お味噌《みそ》やお米を買ってセレブな金額だったらどうしよう。

と思いきや、その辺は結構普通の価格帯のものもあってひと安心だ。

野菜コーナーは綺麗だけど、ちょっとお高かった。今年、野菜が高いんだよね。

「夕食はなにを作るの？」

高晴さんが私の横で所在なげに言う。

ひとり暮らしが長くても、スーパーには来慣れていないのかな。

私はその手にカゴを持たせてあげた。あなたを荷物持ちに任命するぞーって。

「ロールキャベツにしようかな。今年はキャベツが高いから、ちょっと贅沢《ぜいたく》品になっちゃうけど、どうしても食べたくて母にレシピ聞いちゃった」

私はスマホに届いた母からのレシピを見せる。

「雫さん、お米炊いてたよな」

「ん？　炊きましたよ」

答えてから、ハッとする。

「もしかして、高晴さんのおうちはロールキャベツといったらパン?」

「あ、ああ、うちはそうだったかな。ごはんっていうのは、珍しいかもしれない」

こんなところで、育ってきた環境の差を感じるなんて。

榊家では、ロールキャベツは洋食の扱いでパンが出るのね。じゃあ、きっとビーフシチューなんかにもパンがつく家庭だ。

我が家はなんでも定食扱いなので、白米が出る。あと、シチューの類はだいたい全部ごはんにかかって出てくる。

「うちはごはんだ! ど、どうしよう! パンにしましょうか? 買って帰る? ごはんは冷凍しちゃえばいいんだし」

「落ち着いて、雫さん。いいんだ。雫さんの家の味ならごはんに合うんだろう。気にしないで」

私が慌てたので高晴さんも慌てる。といっても、声のトーンも表情もあんまり変わってないんだけどね。

それにしても、この先も食習慣の違いで戸惑わせてしまうことがあるかもしれない。普通は付き合ってる段階でこういう擦り合わせってしてるんだろうなぁ。

「ごはんが進まない味になっちゃったらどうしよう。なにしろ、食べるばっかりで作るのは初めてだから不安だぁ。お漬物とか、買っていきましょっか？　納豆《なっとう》とか」

「いいんだ、雫さん。雫さんの作ったものなら、なんでも美味しいから」

高晴さんがなだめるためなのか、さらっと殺し文句を言う。

ああ、なんだか嬉しい言葉をもらっちゃった。

社交辞令かもしれないけど、私は単純だからそういう言葉を喜んでしまう。

「高晴さん、ありがと。頑張って作るね」

見上げてにっこり笑うと、高晴さんはふっと目をそらしてしまった。

あらら、なんかダメだったかな、この返し。私としては感謝を伝えたかっただけなんだけど。

たまにある。高晴さんは会話の最中に目をそらしてしまったり、背を向けてしまったりするのだ。言いよどんで、口元を押さえてしまうこともある。

そのたび、返しを外したかな～って思って焦ってしまう。

高晴さんは優しい。しかし、本人も言ってたけれど、口下手というのは本当だと思う。表情も薄くて、笑顔はあまり見られない。コミュニケーション全般が苦手みたい。

だから、余計に高晴さんの気持ちってわからないことが多いんだよね。

日頃、私のために一生懸命喋ろうとしてくれてるけど、それだってプレッシャーに感じさせていないかなと不安になる。苦しめていたら、すごく嫌だ。

はあ、他人と家族になるって難しい。食生活も、こんなちょっとした会話の行き違いも、簡単にはマッチしないものなんだなぁ。

その後は、あまり喋らずに買い物を終えた。


気詰まりでない程度の距離で、無難な会話を交えつつ帰宅する。

大丈夫、私たちは円満。

そう言い聞かせるように、母のレシピを見ながらロールキャベツを作った。

高晴さんは「美味しい」と言って食べてくれ、ごはんが進むとおかわりもしてくれた。新しく買ったお味噌を試したくて、じゃがいもといんげんのお味噌汁にしてみたけど、「うまいね、買って正解だったね」とうっすら笑ってくれた。

うん、ほらやっぱり私たちいい感じじゃない。ちょこっと目をそらされたくらいで、気にしない気にしない。

そうだ！

今日はちょっと時間に余裕もある。こういう日こそ、チャレンジしてみよう。

私はかねてから考えていた計画を実行するため、勇気を出すことにした。

夕食後のまったりタイム、高晴さんがお風呂に入っている間に、この前買った下着を取り出す。

大人無邪気な例のヤツだ。

ムダ毛がないかチェックするため、ボディ用のカミソリも持って高晴さんと入れ違いにお風呂へ向かう。

全身ピカピカ、新しい下着も装着、髪もふわふわに乾かしてひとまとめにする。

お風呂を出て、ソファに座る高晴さんを確認。

雑誌を読んでる。大チャンスだ。

私は用意しておいた当たり障《さわ》りのないミステリーの文庫本を手に、何気なく高晴さんの隣に座った。

心臓がバクバクとすごい音をたてている。

落ち着け落ち着け。夫婦が並んで座るのは普通のこと！

高晴さんがわずかに腰を浮かせ、私の座る位置を空けてくれる。

ふたり掛けのソファにスペースはたくさん残っているけれど、気遣いでこういうことするよね。決して、距離をとりたいわけではないよね。

自分を鼓舞しながら、思い切り無邪気を装い、高晴さんの雑誌を覗き込んだ。

「高晴さんはどんなの読んでるの?」

笑顔を作って、子どもみたいな態度で、ぐっと顔を寄せる。彼の頬と私の額がわずか数センチまで近づく。心臓が破裂しそう。こんなに男の人に近づいたのは、結婚式の誓いのキス以来。

どうかな? 高晴さん、どうかな?

私から接近したら、ちょっとドキドキしない? 私はすごくドキドキしてるんですけど!

高晴さんの使うシャンプーかボディソープの香りが、鼻腔《びこう》をくすぐった。

男の人の香りだ。

心臓の鼓動が加速してしまう。

すると、次の瞬間、驚くべきことが起こった。

高晴さんの腕が、私をぐいっと押しのけたのだ。

正確に言うと、覗き込んだ私の肩を押し、斜めになった身体を元の位置まで起こさせた格好だ。

私たちの距離はいつも通りになった。ルームメイトの距離。お友達の距離。

ご夫婦の距離は一瞬にして解除されてしまった……。

「あはは、ごめんね。顔出しすぎて見えなかったね」

よくそんな気の利いた言葉が出たものだと、自分に感心してしまう。心臓は別な意味でドクドク鳴っていて、動揺とショックで泣きそうな気分。

高晴さんに距離をとられてしまった。夫婦なのに、近づいちゃいけないんだ……。

当の高晴さんは、輪をかけて無表情。私を横目でちらりと見て、平然と答えた。

「業界の専門誌なんだ。回覧で回ってくる。雫さんが見ても楽しくないと思うよ」

「そっかー。うんうん」

上の空で妙に明るい返事をして、私は自分の文庫本を開いた。

かすかに腰を浮かせ、高晴さんから数センチ離れて座り直す。

文庫に集中はできなかった。最初の一章すら読み終わらないうちに、私は立ち上がった。「先に休むね」なんて笑顔で言って。

本当に泣きそうで、いたたまれなくて、恥ずかしくて……ひとりでパニック状態だった。

女としての魅力なし。

そんな風に言われた気がしているのは、私の被害妄想でしょうか？

高晴さんに接近して避けられたあの夜から四日。私は鬱々《うつうつ》と悩みつつ、それを表に出さないように暮らしている。

お気楽呑気で楽しいことしか興味のない私が、大好きなアニメを見ていてもぼーっとしてしまうくらい頭が働かない。

休日のお昼時、自宅ソファに腰かけてパソコンを持ち出し、ネットで登録したアニメ見放題チャンネルで一週間分の今期アニメをチェックするという、至福の時間なのに。気づいたらストーリーを追えていない。

はあ、こんなにショックだとは思わなかった。

別にいいじゃない。高晴さんと私はお互いの家族と将来のために、結婚という契約を結んだだけ。ラブラブ仲良し恋人同士になる必要はない。高晴さんが私相手にその気になる理由もない。

きっと計画性が高く合理的思考の彼のことだ。私が『子どもを産みたいんだけど』なんて相談したら、家族計画のために動きだすに違いない。『それでは、雫さんの排卵日に合わせて性交渉を持ちましょう。その日はなるべく残業にならないようにします』とか言いそう。

うん、すごく言いそう。メガネをクイッて上げて真顔で言いそう。いや、それは漫画の真面目なメガネくんキャラだ。

高晴さんはきっと、静かに冷静に言うと思う。頼めば、形だけでも私を女扱いして、子作りに挑んでくれるだろう。優しく、紳士的にね。

あはは、はい問題解決～。両親への孫保証も完遂し、家族も安泰、はい解決～。

……だから、私がそんなに凹《へこ》む必要ないじゃん。ねえ、最初からわかってたじゃん。

私をいきなり気に入って結婚って流れは、あくまで私個人じゃなくて、私という女の条件が彼に見合っていただけじゃない。

インドア派で読書が趣味のおとなしい年下の女性。親同士が仲良しで身元も安心。華麗な恋愛遍歴も男遊びのクセもない。それが榊 高晴の選んだ妻・私。

恋女房ってポジションじゃない。

はぁ。納得してるのに、ため息が止まらない。

たぶん、私がショックだったのは、高晴さんが私の接近に理性を揺るがす気配すらなかったってこと。

結構仲良く暮らしているのに、女として見てはいない、ってはっきり突きつけられたこと。私、ナシなんだな〜。

埒《らち》もなく同じことを考えてバカみたいと思いつつ、集中できないアニメを止めた。

また日をあらためて見よう。

ソファに背を預け、天井を仰いだ。

スマホを手に取り、なんとはなしに弟の祐樹にメッセージを送ってみる。

【女性の魅力とはなんぞや】

別に祐樹の意見で、なにか変えようというつもりはない。でも、私より圧倒的に恋愛経験豊富で、なおかつ夫と同じ性別・男。意見を聞いてみるのはアリではなかろうかと思うのですよ。

というか、祐樹以外に頼れそうな男性のツテがない。

昼時で休憩中だからだろうか、すぐに返事が来た。

【お姉様、早速ご主人とうまくいってないの?】

この言い草、腹立つな〜。

いやいや、猫の手も借りたくて連絡したのは私だ。

【うまくはいってるけど、もっと仲良くなりたいな〜って思ってるの】

余裕を持って返信する。安い挑発には乗らないわよ。幸せな新婚お姉さんは怒らない！

　すると、今度は電話がきた。

『もしもし、姉ちゃん？』

「あんた、仕事中でしょ？　大丈夫なの、電話して」

『営業車ン中。今、弁当食ってる』

　姉を心配して貴重な昼休憩時間に電話をくれたらしい。いよいよ、信頼されてない、お姉様。

『なに？　大丈夫？　早くも不仲説？　別居？　離婚？』

「そういう不穏ワードを投げつけてくるのやめて。女性の魅力って言ったけど、男性の価値観が知りたいだけよ。私、男の人、あんまり知らないから」

『二次元の男には詳しいのにね。女性の魅力って言ってもさぁ、う～ん』

　祐樹は少し考えてから、ははっと笑った。

『フツーの男は好きになった子は、どこもかしこも可愛く見えちゃうからな～』

　はい、一般論きたー。確かに一般論求めてたけど、まだ好かれてない私には意味がない～。そういうの求めてない～。

　でも正直に言ったら、母親にチクられて不仲説が本当になっちゃう。両家家族会議招集はごめんだ。

「パーツとして、ここが気になるとかあるじゃない。顔とか胸とか」

『あ、胸はあるな。胸ってのは俺の好みなだけなんだけど、男にはフェティシズムを持ってるヤツが多い。旦那さんも、どこかドキッとするポイントがあるんじゃないか？』

高晴さんがドキッとする……想像つかないけど、バストやヒップはそのものズバリセックスアピールの部位だよね。この辺を磨くのは効果アリかもしれない。少なくとも、女性として意識させることはできるのでは？

「じゃあ、あんたは胸派で、他にもヒップ派とか脚派とかいるのね」

『髪の毛派とか、手首派とか、二の腕派なんてマニアックなのもいる。ま、でも多くはケツか胸にぐっとくるよな。姉ちゃん、どっちもぺったんこだな……やべぇ、同情を禁じ得ない』

ぷふふと笑いをこらえる祐樹に、私は怒りを呑み込んだ。

怒らないぞ、私は幸せな新婚のお姉さん。夫に愛され、夫婦仲は円満です。

自分に言い聞かせながら、声に笑みを滲《にじ》ませて答えた。

「オッケ～。参考になったわぁ。まあ、安心して。私と高晴さん、夫婦仲ラップブラブエクスプロージョンだから！　妙なご心配には及びませんので〜！」

『爆発してんのかよ、こっわいな』

祐樹はバカにしたように笑ってから、言った。

『お幸せに、お姉様〜。家出したくなったら、福岡来いよ。匿《かくま》ってやるから』

気楽な笑い声を耳に残し、弟は電話を切った。『家出』とか、最後に不穏な単語をぶち込んで。

私はひとつ深呼吸をする。

祐樹には腹がたつけど、確かに参考にはなった。女であることを前面に出すには、やはりセックスアピールも必要なんだ。

見ていたアニメは一度ブラウザを閉じ、自社サイトに行く。

えーと、補正下着があったはず。うちの店で扱ってるもの以外にも、ニケーはいろいろ出してるんだから。

しかし、ボディスーツもヒップアップショーツも、加齢に伴って緩んできたボディラインを整えるものであって、私のニーズとは違う。

自社製品の中でも、ホールド力の強いブラジャーをチェックする。

フィッターの勉強もしたし、試着のときにお客様をサイズアップさせるの得意なんだよね。でも、私の技術をもってしても、自分の胸はBカップ以上にならない。

自社サイトから移動して、ネットで検索する。単語は『バストアップ』。

健康器具とサプリメントの広告が、ズラーッと出てくる。

薬でおっぱいおっきくなったら苦労せんわーい！と思いつつ、いくつかページを覗いた。

ふむふむ、自然のもので女性ホルモンアップ効果とか美肌効果の果物やスーパーフードがある。極端な変化じゃなくても、これなら薬じゃないし、生活に取り入れられそう。

あと、検索で引っかかるのは美容整形の豊胸なんだよなぁ。

お値段や施術をチェックし、他の医院のサイトとも見比べ……いい加減、飽きてソファに寝転んだ。

なにをやってるんだろう、私。高晴さんに拒否されたのが、そんなにつらかった？　……うん、つらかったのかも。

納得づくのメリット重視婚だけど、女として魅力なしって扱いをされたのはきつかった。あーそこは必要とされてなかったんだーって。

ムシのいい話かもね。高晴さんに、好意を持ってもらいたいなんて。

私は……高晴さんに好意があるのかな。好かれたいって思ってるなら、私の気持ちはどうなのよ……。それともこれは女としてちやほやされたいっていう、ゲスな欲求？

とろんと頭にかすみがかかる。

眠い。ゆうべも高晴さんの隣のベッドで悶々と考えてたもんな～。

眠気のままに私は目を閉じ、そして意識を失った。

「雫さん、雫さん」

呼ばれて、意識が浮き上がってくる。

高晴さんの声だ。

目を開けると、高晴さんの顔が薄ぼんやりと見える。

「高晴さん……私、寝ちゃってた……」

のろのろと身体を起こすと、部屋はかなり暗く、もう夜の時間帯なのだとわかった。

「それならいい。てっきり体調が悪いのかと……」

心配そうに顔を覗き込んでくる私の旦那様は、部屋の電気を点《つ》ける暇も惜しんで私に駆け寄ってくれたみたい。

「ごめんなさい、元気だよ」

優しい。優しいな、高晴さん。私のことを家族とは思ってくれてるんだね。

これでいいのかな。これで我慢すべきなのかな。

「夕飯、無理せず外へ食べに行こうか？」

「平気、平気。材料あるし、作るね」

心配させないように、元気に言った。立ち上がろうとして、手がパソコンに触れる。

すると、スリープモードになっていた画面がぱっと点いた。

液晶いっぱいに映されていたのは、豊胸美容整形のページ……。『理想のサイズに変身』という文字、いかにもなお姉さんが水着姿で胸を寄せている。

その画面を見つめ、ひゅっと息を呑んだ私。

そして、その横で呆気にとられた様子の高晴さん。

私たちはしばし無言で暗闇の中、発光する画面を眺めていた。

私が我に返り、即座にブラウザを閉じるまで。

嫁が豊胸を考えていた事案。

は、恥ずかしすぎる。死にたい……。

第四章　奥さんがわからない

仕事の合間にコーヒーを飲むくらいは許された職場だが、俺は普段あまり離席しない。用を足したり、隣の部署に行ったりというのはあるが、喫煙所や自動販売機前で油を売らないほうだ。

もちろん、その程度の休憩はいいと思うし、同僚がやっているのを嫌だとは思わない。俺自身のこだわりで、集中して仕事をしているときはいっぺんにやってしまいたいタチだからだ。

業務上、臨床試験をする病院に赴いたり、コーディネーターや医師と外部打ち合わせも多いため、職場にいられるときはまとまった時間ですべて終わらせてしまいたいのだ。だから、以前は残業も多かった。

そんな俺が、最近は極力定時で帰れるように仕事を調整しているなんて、自分でも信じられない。

さらにその分忙しくなっているのに、現在俺は、自動販売機前でコーヒーを片手にぼんやりしている。

誰も通らない廊下で、はあと深くため息をついた。

結婚して約二ヶ月。季節は冬から春に移り変わり始めているが、俺の心はまだ真冬のままだ。

俺の奥さん、雫のことがまったくわからない。

雫はいい嫁だ。仕事の合間に家事を頑張ってくれ、結婚してから始めたという料理もどんどん腕を上げている。毎日、屈託のない笑顔を見せてくれ、俺の心を癒《い》やしてくれる。

しかし、俺はいまだに雫のことがわからない。

いや、日増しにわからなくなっている気がする。

『雫には好きな男がいるのではないか』

この疑念は結婚当初からあって、俺を悩ませてきた。

雫には、なにかを隠しているような素振りがある。時折スマホやパソコンの画面を眺めてうっとりとしている。俺が盗み見ていることにも気づかないようで、熱心に液晶画面を眺めているのだ。

好きな男から、連絡が来ているのかもしれない。

何度もスマホを見てしまおうかという、悪い誘惑に駆られた。

しかし、どうにか踏みとどまっている。

妻の浮気を疑ってスマホを見るなんてダメだ。倫理的にいけないことだし、もしそのことが知られたら、浮気の真偽より先に信頼関係が壊れてしまう。

最近では早々に帰宅し、彼女の様子を探るようなことをしている。やましいことがあれば、ぼろが出るはずだ……なんて。

こんなやり方しか思いつかない女々しさが、自分で嫌になる。

無邪気に妹のように寄ってくる彼女を、つい避けてしまっているのも問題だ。

彼女は家族として、俺に親愛を注いでくれていて、優しい情愛は感じられる。俺を見上げて隙だらけの笑顔を見せたり、風呂上がりの無防備な格好で接近してきたりするのだ。

そんな雫を『可愛い』『俺の奥さんが可愛い』『抱きしめたい』『キスくらいはしたい』と欲求まみれの視線で見つめ返す俺がいる。

なんて浅ましいんだ。心の中で疑いながら、雫に恋心と下心をごちゃまぜの感情を向けているなんて。

結果、暴走しないように、雫とは距離を置くのが常となってしまった。

そして、先日驚くべき事件がふたつあった。

夕方、先に帰宅した俺が洗濯物を取り込むと、ステンレスの長方形ハンガーに見たことのない下着がかかっていた。

淡いピンクのフリルのついた下着の上下セット。

誤解しないでほしいが、俺は毎度妻の下着をガン見しているわけじゃない。家族なのだから、洗濯物を取り込むときに目につくことはある。

ともかく、雫の下着は比較的シンプルでスポーティーなものが多かった。下着メーカーに勤めていると、ヒラヒラ可愛い下着は食傷気味になるのかな、なんて勝手に思っていたのだ。

その雫が、可愛らしい女子力の高そうな下着を洗濯しているじゃないか。

その下着は誰のためのものか。俺のためでないことは確かだ。

なにしろ、俺たちは結婚以来、まったくそういう空気になれておらず、結局ただの一度も触れ合っていない。

つまりは、他にその下着を見せたい相手がいるのだ……。

これは絶望的な事実だった。

そして、もうひとつの出来事は雫のパソコンの中にあった。

雫が休みの日、やはりどうしているか不安な気持ちがあり、早めに帰宅すると、彼女はソファで寝ていた。

なんだ、どこかに出かけていたわけじゃない、とほっとしつつ彼女を起こした。

すると、寝ぼけた彼女がパソコンに触れ、眠りに落ちる直前まで見ていたネットのページがディスプレイに表示されたのだ。

豊胸。

画面には美容整形のクリニックの名称と、豊胸のプラン説明が出ていた。

広告を間違えてクリックしました、という感じではない。きちんと検索して、施術と料金プランまでチェックしていた、という雰囲気だった。

雫は下着を見せたい相手に言われたのかもしれない。胸はもう少し大きいほうがいい、と。

俺は雫のささやかな胸でいい。実物を見たことはないが、服の上からある程度どのくらいのサイズなのかは想像できる。

俺なら、そんなことは言わないのに。しかし、雫は俺じゃない誰かのために豊胸の美容整形まで考えているのだ。

もう、どうしたらいいのかわからない。俺は雫と別れたほうがいいのだろうか。

しかし、結婚に了承したのは雫だ。雫は結婚生活の継続を望んでいるかもしれない。

もしかすると、彼女の恋は叶わぬ相手との関係なのかもしれない。既婚の男性上司や、親の許しが得られなそうな、売れないミュージシャンという可能性もある。

俺という安定を手に入れ、両親と老後の心配を解消し、愛する男と恋路は続けるつもりだろうか。

俺の提示した結婚の条件と照らし合わせても、俺は雫のことを責められない。

俺たちの結婚は恋愛によるものではない。信頼関係を繋ぐ結婚であり、彼女の心まで縛れる契約ではない。

でも、それなら隠さず言ってほしい。できれば、自分から言ってほしい。容認できるかと言えば別問題だが、こうしてこそこそとされるのはつらいものがある。

深いため息をつくと、視界をさっと人影が横切った。その人物が先に俺の存在に気づいた。

「榊、サボリ？　珍しいわね」

通りかかったのは、同期の日向麻紀だった。

「……サボッてない。コーヒーを飲んでいただけだ」

「ふうん、なんか暗い。ランチ、外に行こうかと思ってたんだけど。たまには一緒に行く？」

俺の部署は明確な昼休みはあるものの、時間をずらしてとることも許されている。各自のペースで休憩をとるため、あまり同僚と一緒に食べに行くことがない。日向は俺の結婚に、ひと役買ってくれた存在だ。そして、一応だが性別は女。雫の気持ちを、女目線で代弁してくれるかもしれない。

この際、相談してしまおうか。

「そうだな。……一緒に行こう」

「なんか相談あるなら、聞くわよ～」

察しがいいのか、偶然なのか、日向はニカッと笑って言った。


昼食は社食でも摂れるが、込み入った話になりそうなので社外に出た。日向が「行きたい」と言うので、できたばかりのイタリアンに向かう。JRの駅から離れ、大井町線の改札近くの路地にイタリアンはあった。こじんまりした店で、外装はバーみたいだ。

女性は好きそうだな。

日向の希望と男性もOKということで、揃ってレディースセットを頼んだ。

レディースセットはアンティパストにミニサラダ、メインのパスタ、ドルチェとコーヒーがつくもので、割とボリューミーだった。

レディースとつけば、女性はこのくらいぺろりと平らげるのだろう。これがメンズセットという名なら、パスタを食べる前に『もうお腹いっぱい』という女性は多くいるはずだ。中身が同じでも。女性とはそういうものだ。

皮肉は置いておいて、本題だ。

俺は日向にすべて話すことにした。

結婚前、台本を添削してもらったこともある。軽そうに見えるが、彼女が信頼できる同僚であることは、何年も一緒に仕事しているのだからわかっている。

俺は覚悟を決めて、現在の悩みを口にした。

妻がこそこそと隠し事をしているようだということ。

休日は男と会っているかもしれないこと。彼女に浮気をやめてほしいとは言えないこと。

そもそも、まだなにもできていないこと。

日向はサラダとアンティパストをバリバリ食べながら、特に言葉を差し挟みもせず最後まで聞いてくれた。

「二ヶ月もなにもしてないんだ。それってある意味すごいわ～。なんとなく、うまくいってないのかな、ってのは感じてたんだよね」

俺の話が終わると、ごくりとグラスの水を飲み、日向は言った。

「奥さんと休み合わないでしょ。それなのに、榊、余りまくってる有休を使わないから さぁ。なんかおかしいなあって。毎日、早くは帰ってるけど、妙に焦ってるし。新婚のラブラブ幸せオーラを、今ひとつ感じないんだよね〜」

「そ、そうだったか⁉　そんな風に見えていたのか？」

「あくまで女の勘《かん》よ。今、榊の話を聞いて合点がいったってだけだし」

ちょうど、俺たちの前にパスタがやってきた。

今日のパスタは、アサリのカッペリーニだとウエイトレスが言っていた。

いい香りがして美味しそうだ。

「抱いちゃいなさいよ、夫婦になったんだから」

日向は最初の大きなひと口を咀嚼《そしゃく》し終え、飲み込んでから言った。

かなり大胆な発言で、俺は口に運びかけたフォークを下ろし、周囲を見回したくらいだ。

幸い、店内の女性客はそれぞれの話に夢中で、俺たちの話が耳に届いた様子はない。

「好きな男がいようがいまいが、彼女だって覚悟済みよ」

日向はあっさりと言い、次のひと口分をフォークに巻きつけている。

「でも、浮気を疑いながら、そんなことをするのは不誠実だとは思わないか？」

疑いをかけたまま身体だけ求めるなんて、あまりに直情的じゃないか。それに、彼女が我慢しながら俺に抱かれるのかと思うと、可哀想で、気持ちが萎《な》えてしまう。

「条件を提示した結婚だ。契約みたいなものだ。性交渉については最初から明言していないから、気軽に誘えるようなものでもない」

「まあ、台本見たときから契約迫ってるみたいだなぁとは思ってたけど、それにしたって真面目ねぇ。彼女にはっきり聞いてみたら？　好きな男がいるのか？って」

「浮気を疑っていると思われたら、せっかく築いてきた信頼関係が台無しじゃないか。表向き、平和な夫婦なんだ。自分から波風を立てたくない」

日向が肩をすくめる。俺の皿の上がまったく減っていないのを見るや、少し黙って考える風な表情になる。

この隙に食べろということだろうか。

大きくひと口取って口に運ぶと、次の言葉がやってきた。

「じゃあ、彼女に子どもについてどう考えるか聞いてみるのはどう？　家族計画なんだから、聞いても差し支えないでしょ」

俺はふた口目のフォークを唇に近づけることなく下ろし、力なく首を振る。

「彼女は店舗責任者だ。簡単にキャリアを中断して妊娠出産に挑むとは思えない。『まだ考えていない』とか『子どもはいらない』なんて言われたら、いよいよ彼女と夫婦の接触をする機会は失われてしまう。慎重にいきたいんだよ」

日向は黙々とパスタを口の中に押し込み、咀嚼しつつ腕を組む。ごくんと音が出そうなほどしっかりと飲み込み、俺を見つめた。

「んん〜そういうことなら、やっぱり彼女と関係を持つしかないわ。なにも知らないフリをして、『きみを抱きたい』って言えばいいのよ」

「だから、日向。そういう不誠実なことは……」

「彼女は榊が気づいてるなんて思いもしていないのよ。不誠実には当たらないの。形だけの夫婦だろうと、夫から誘われては断りづらいはず。一度二度は体調を理由に断っても、長くは続かない。身体の関係を持ったら、そこからはあんたの腕の見せどころよ。毎日、とろとろになるまで甘やかして愛してやんなさい。彼女がよその男なんて、どうでもよくなるくらい」

なんて簡単に言うのだろう。日向は俺の恋愛経験が薄いことを忘れているのだろうか。とろとろに甘やかせるような技術を、俺は持っていない。

「女は愛されるのが幸せって子が多い。お金に困らない幸せな生活と、甘い快楽を提供してくれる男にべたべたに愛されたら、苦労の多い恋愛なんて捨てるわよ」

「そんな器用なことができる自信ない」

小声で答える俺に、日向は大きくため息をついた。

「奥さんを他の男から奪おうって気概はないの？」

「気概というか……気持ちはある。しかし、俺になにができるか……」

雫を好きな気持ちは本当だし、雫を幸せにできるのは俺だと思っている。だけど雫の恋心を打ち消し、気持ちをこちらに向けられるくらいのパワーが俺にあるだろうか。

「結婚してるからって、アドバンテージが榊にあるわけじゃない。相手の男と気持ちで繫がっている以上、奥さんは榊の元には来てくれないわよ。家のお金持って駆け落ちしちゃうことだってあり得るんだから」

確かに、俺はまだどこかで『結婚しているのは俺だ』という余裕がある。

しかし、日向の言う通りだ。気持ちがこちらに向いてくれなければ、結婚生活も虚《むな》しいだけだ。俺の片想いなのだから。破綻《はたん》だってあり得る。

「努力すべきなのはわかる……。なあ、日向、俺はなにから始めればいいかな？」

「そうね、風俗でも行ってテク磨いてくれれば？」

「最後の最後で適当だな！　おまえは！」

俺が語気を強めると、ケラケラと明るく笑う日向。

「相談相手を完全に間違えた！」と俺が席を立ちかければ、日向は「まあまあ」となだめながら言うのだ。

「そんなに怒んないの。今日は飲みにでも行きましょうよ！　兼広さんや、他にも空いてるヤツら連れて」

「日向、おまえ、俺の窮状を広めて酒の肴《さかな》にしようって腹じゃあ……」

「見損なわないでよね。榊の悩みは胸に秘めておきます。そのほうが面白いもん。飲みに行くのは、元気のないあんたの景気づけよ！　感謝なさい！」

そういうことなら……。いや『面白い』とか、かなり失礼なことを言われている気はするんだが。

しかし、久しぶりの飲み会はちょっと楽しそうだ。

今夜は雫も遅番。夕飯は各自の約束だし、明日は土曜で俺は休みだ。

たまには飲みに行くのもいいかもしれない。

結局その晩は、日向と兼広さん、他にも同僚が四人という人数で飲みに行った。

最初が最寄りの大井町、二件目は日向と兼広さんの帰る方向に合わせて渋谷《しぶや》で飲んだ。あまり酒が強いほうではないが、コントロールすればはしご酒も付き合える。男所帯の研究開発部門だ。飲み会は若い頃から数をこなしているつもりだ。

二件目の居酒屋に入る直前、渋谷の雑踏の中に見知った顔を見た気がした。

それは俺の奥さんで、ほろ酔いの俺には交差点の向こうのそこだけが光って見えた。俺はメガネを押し上げ、妻の面影を追った。

なんだか情けなくなった。こんなところでまで、好きな女を探している。

家に帰れば会えるのに、彼女との距離はこの雑踏と同じくらい離れているのだ。なにかを根本的に変えなければ、俺たちはずっとスクランブル交差点の反対側にいるままだろう。

すると、俺の首に腕を巻きつけ、下に引き寄せる人物がいる。

「榊、なにボケッとしてんのよ！　行くぞ！」

日向だ。痛い。乱暴者め。酔っているせいか、普段より同僚の扱いが雑だ。

「もう酔ってんのか？　榊はだらしないな〜」

横から兼広さんも俺の背中に腕を回し、二件目の居酒屋の方向にどんと押すのだ。この人のほうがとっくに酔っている。上司とはいえ、俺は家まで送らないからな。

れた。

「大丈夫ですから、ふたりとも離して」

「嫌だ！　来い！」

日向と兼広さんに首根っこを掴まれ、俺は引っ張られるように居酒屋に連れていかれた。

家に帰り着いたのは、日付が変わった深夜一時だった。

俺は結構酔っていて、足元はフラフラ、すでに頭が軽く痛い。明日が休みで本当によかった。

雫はもう眠っているだろうか。

今日は気をつけなければならない。酔った勢いというのは本当にあって、今俺はものすごく雫に会いたいし、触りたい。抱きしめたいし、キスしたい。それ以上のことも本能に任せてやらかしかねない。

眠っていてくれたらいい……そう願いながら鍵を開ける。

廊下の向こう、リビングに灯が点いている。

俺が帰ってくるから点けておいたのだろうか。

いや、違う。テレビの液晶の発光が、かすかに部屋のフローリングに反射している。

雫は起きているのだ。

「ただいま」

リビングに入って声をかけると、雫はソファで深夜番組のバラエティを見ていた。ちらりとこっちを見る。その顔が不機嫌そうに見えた。

「遅くなってごめん。飲んできた」

「ふぅん」

スマホにメッセージは送ってあるし、結婚してからは初めてとはいえ、飲んで帰るのは割とあることだと思う。

しかし、どうして雫はそっけない態度をとるのだろう。

「雫さん？」

様子を窺おうとソファに歩み寄ると、雫はテレビを消して立ち上がってしまう。すたすたとキッチンに向かう雫。

わけもわからず、俺もあとをくっついていく。だって、雫の様子がおかしいのだ。

「雫さん？　どうした？」

冷蔵庫からお茶のボトルを出す彼女に問いかけると、彼女はそっぽを向いたまま言った。

「今日の夜、渋谷で見かけた」

え？　渋谷にいたのか？

彼女の職場は原宿だったはずだが。

「渋谷の店舗に行ってたから」

「ああ、それで」

そうか、じゃあ俺が見た幻は本人だったのか。あんな雑踏の中で妻を見つけてしまうなんて、俺はどれだけ雫を好きなのだろう。

「楽しそうだったね。綺麗な女の人と一緒で」

綺麗な女の人……日向のことか。

いや、日向より雫のほうが可愛い。圧倒的に可愛い……そうじゃない！　誤解されているようだ。

確かに日向は俺の首に腕を巻きつけていたし、距離は近かったように思う。

「同僚と七人で飲んでいたよ。きみが見たのは同期の日向だね」

あくまで冷静に落ち着いて言う。慌てたら、嘘をついているように見えそうで、こちらも慎重だ。

雫は俺を見ずに、睫毛《まつげ》を伏せる。

「うん。他にも男性が何人か見えた。疑ったりしてるわけじゃない。……ただ、思ったの」

「え？」

「高晴さんってあんな顔で笑うんだ、って。見たことなかったから、高晴さんのちゃんとした笑顔。……私といるの、楽しくないいんだなってよくわかった」

頭を真横から殴《なぐ》られたような気分だった。

どうしてそんなことを言うのだろう。

途端に、胸が悲しみでいっぱいになった。

俺は口下手かもしれない。感情表現もうまくない。彼女には不満の多い夫だろう。でも、俺なりにこの二ヶ月、頑張ってきたつもりだ。確かに浮気を密かに疑っていた部分もある。それでも彼女を信じたいという気持ちが、俺を支えてきた。俺が努力すればいいと思ってきた。

雫といい夫婦になれるように。

雫に好きになってもらえるように。

しかし、なにひとつ、伝わっていなかったのだ。俺が雫に与えていたのは不信感と退屈だけだった。自分が情けない。

「きみこそ、……俺といても楽しくないんじゃないか？」

気づけば、そんな言葉が唇から漏《も》れていた。

ハッとした。

俺はなにを言っているんだ。

自己嫌悪から心に浮かんだ言葉をそのまま口にしたら、責任転嫁のようになってしまった。

雫がようやくこちらを見る。

驚いた。

その目には、涙の粒が盛り上がっていたのだ。

震える睫毛。涙がひと筋こぼれ落ちて、雫が唇を開いた。

「そうかもね。お互い様かな」

捨て台詞《ぜりふ》にしては弱々しい声で言い、雫は俺の横を通り過ぎる。

寝室に消える背中を追いかけることができなかった。俺はひとり痛みのひどくなった頭を抱え、うつむいた。

なんてことだろう。

雫の信頼どころか、家族としての絆《きずな》も失いかけている。

もうダメだ。雫に嫌われた。

俺は鬱々と土日を過ごした。

金曜の深夜、喧嘩《けんか》らしき状況になり、雫は先に眠ってしまった。俺も横のベッドで休んだけれど、翌朝、酒の影響で寝坊した俺の隣に雫はいなかった。

スマホにメッセージが入っていた。

【今日は実家に顔を出します。今夜は泊まります。日曜の夜に帰ります】

それを読んで、俺は再び枕に突っ伏した。

事態は最悪の状況へ。嫁が実家に帰った。

これは迎えに行くべきだろうか。夫たるもの、そうすべきであるとなんとなく思う。

でも、彼女は日曜の晩には帰ると言っているのだ。

普通に実家の用事で帰っているところ、血相変えた夫が迎えに来ては、こじれた話が家族を巻き込んで、もっとこじれてしまう。

さらには実家に帰っていなかった場合——好きな男の元へ行っていたとしたら、雫の実家は完全に修羅場になってしまうだろう。

それはまずい。

いろいろ考えたが、俺はひとり家で掃除をして過ごした。

土日は基本仕事である彼女のため、この二ヶ月続けてきた休日の掃除。

それしかやることが見つからなかった。

窓を拭き、カーテンを洗った。水回りを綺麗に磨き、鍋まで磨いた。それでも空いた時間は散歩をして、自宅で筋トレをした。

雫と出会う前の休日は、散歩と筋トレくらいしかやることがなかったな、とふと考える。それはそれで楽しかったし、気ままだったが今ではその頃のことがよく思い出せない。

たった二ヶ月でも、俺には雫と過ごす毎日が日常になっていた。

たとえ休日が被らなくても、夜にはともに夕食を食べ、隣り合って眠れるという安心感は大きな支えだった。


日曜の夜遅く帰宅した雫は、気難しい顔をしていた。俺に「ただいま」と言ったきり、シャワーを浴びてさっさと寝てしまう。話しかける隙を与えないようになのか、すべて急ぎ足だった。

月曜の朝食、雫は起きてこなかった。

遅番なのは知っていたので、用もないのに起こすのはやめ、俺はひとり朝食を摂り、出勤したのだった。

用はある。本当はある。仲直りしたい。だけど、特効薬が見つからない。

ここまでしてきた夫婦になる努力が彼女に通じなかった以上、俺には手立てが見つからない。彼女が愛想《あいそ》を尽かして出ていくのを、じっと待つしかないのだろうか。それは嫌だ。

もう正直なんでもいい。雫がそばにいてくれるならなんでもいい。他に浮気相手がいたっていい。俺と結婚生活を続け、笑顔を見せてくれるなら……なんて志の低い情けなさすぎることも考えた。

でも、好きな女のそばにいられるなら、それも手じゃなかろうか。というより、こんな形で結婚にこぎつけた俺が悪かったのだろうか。

月曜の昼時、俺はまたしても日向を食事に誘った。

事の顛末《てんまつ》を聞いてもらおう。今回は酔った日向にべたべたくっつかれていたことも、いらぬ誤解を生んだわけだから……と無理やりな理由を頭の中でつけておく。

場所は近所の定食屋にした。ケチッているわけじゃない。女性の多い店が、今は気詰まりなだけだ。

「はいはい、なるほどね～」

カウンターに並んで座り、金曜の流れを説明すると、日向は訳知り顔で頷くのだ。

いや、俺からすればマイスターだ！　お知恵を貸してくれ、日向マイスター！

恋愛マイスターにでもなったつもりだろうか。

「まずね、榊の奥さん、好感度超絶アップ！　私を〝綺麗な人〟って言ってくれたから！」

日向のひと言目がそれだった。

俺は脱力し、油じみた木のカウンターに突っ伏した。

「おまえに話すんじゃなかった！」

マイスター撤回。

日向はやはり、俺の恋愛で遊んでいるだけだ。俺が怒りだせば、日向はへらへらとなだめにかかる。

「まあまあ、冗談よ。っていうか、それっていい傾向じゃない」

「は？　喧嘩のどこがいい傾向なんだ？」

苛立《いらだ》ちで荒い口調の俺の前にお冷を差し出し、日向が言った。

「奥さん、嫉妬してたわけでしょ。私たち、〝榊の同僚〟に。『私といるより楽しそうじゃない、キーッ！』って」

一応はそういうことになるのかな。雫はそんな風に怒ってはいなかったけれど。

曖昧に頷いておく。

「自分のことを棚に上げて嫉妬するヤツって男女ともにいるけど、少なくともそれって相手になんらかの執着があるのよ。奥さんは、榊がよそ見するのが嫌なんだわ」

「そういうものか？」

うんうんと、自分の説に頷く日向。恋愛マイスターっぽくなってきたじゃないか。

「榊の奥さんの浮気説も真偽は定かじゃないんだし、そもそも最初から榊に好意を持って、仲良くしたいって思ってる場合もあるんじゃない？　それなら、榊のとってきた態度はよそよそしいわよ」

「そんな……浮かれさせるようなことを言わないでくれ」

「いやいや、浮かれさせようなんて思ってない。脈ありは朗報だけど、あんたのとってきた態度で彼女はおおいに誤解し、不貞腐《ふてくさ》れてしまってる。これはバッドニュースでは？」

俺は「うう……」と詰まった。

そうか、もし雫が俺の十分の一でも俺に好意を持ってくれていたとしたら、俺が避けるような態度をとってきたのも、適正な距離を保とうとしていたことも水くさく、感じの悪い様子に映っていたかもしれない。

さらに、同僚と楽しそうに夜の街にいるところを見られ……。

ピンチだと思いつつ、雫の嫉妬心を嬉しく思う俺が存在している。

「日向、誤解を解くには、やはりきちんと俺の気持ちを伝えるべきだろうか」

「ま、それが一番なんだけど～。今言っても素直に受け取ってもらえるか……。待って、唐揚げ定食食べながら考えるから」

俺たちの前に、ちょうど定食の角盆がふたつやってくる。日向が唐揚げ定食、俺がほっけ定食だ。

俺も今は、まず食事に専念することにした。金曜はパスタが冷めてしまって、もったいなかったからな。

しばし、ふたり並んで膳《ぜん》に向かい、無言で食べる。

「榊、奥さんって連休あるの？」

食事も終盤という頃合いに、日向が言いだした。

「月に一回、平日に連休が入っているはずだが」

「今月はいつ？」

「カレンダーには今週の木金と書かれていたような」

俺たちはふたり分の予定を、リビングの大きなカレンダーに書き込んでいる。彼女はシフト制勤務で不定休だし、俺も治験などで遠方の病院への出張がある。

「榊、あんた今週の木金、休みなさいよ」

「え？　そんな突然に？」

「有休、三月中に取らないと消滅するのがあるって、午前中総務がうるさく電話してきてたじゃないの。知ってるわよ」

その通りだ。俺が取っていない有休について、総務からはしつこく言われてきていた。特にうちの課は有休取得率が低く、目をつけられているのだ。

「帳尻合わせに、繁忙期に休まされるよりいいでしょ。はい、オフィスに戻ったら申請、申請」

「待ってくれ、いきなり休みを合わせてきたら、彼女に気味悪がられないか？」

「家にふたりでいることないでしょ。せっかくだからって、旅行にでも誘いなさいよ。近場の温泉とか。平日だし、どこか空いてるわよ」

ふたりで旅行……その響きにくらっときた。

雫と旅行……行きたい。新婚旅行もなかった俺たちだ。

ふたりでどこかに出かけるということ自体、経験したことがない。

「いつもの自宅にふたりっきりじゃ、煮詰まっちゃうじゃない。普段と違う景色見て、美味しいものでも食べてらっしゃいよ。そんで仲直りするの」

仲直りまでのプロセスは具体性に欠けるが、魅力的な案であることは間違いない。

「日向……おまえすごく頼りになる同僚だな。うまく仲直りできたあかつきには、なにか礼をさせてくれ」

「そんなのいいわよ。だって、榊がひとりでバタバタしてるのを見るの、楽しいもん」

素直な感謝に、砂をかけるような言葉が返ってきた。

日向麻紀、やはり俺の新婚生活を面白がっている。


単純かもしれないが、早速午後には有休を申請した。三月までに取らなければならない有休は十日を超えていて、なんなら一週間くらい休めと言われたものの、さすがに仕事がたまりまくってしまうので勘弁してもらった。

仕事を終えると、帰宅時に書店で近隣の温泉地のガイドブックを眺める。

箱根《はこね》あたり、いいんじゃないか？　新幹線でもロマンスカーでも行けるし、ザ・温泉って感じがする。ザ・観光地って感じもする。

……言い訳するが、俺はイメージが貧困だ。

ともかく雑誌を買って帰り、遅番の雫が帰宅するまでにネットのホテル予約サイトを巡り、口コミやレビューで評判のいいところを探した。

目星をつけたところは、平日のせいか予約が取れた。少しグレードの高い部屋ということだったが、こつこつ貯めた貯金はこんなときに使わずいつ使うのだ。

夕食代わりに買ってきたサンドイッチをかじり、風呂を済ませると、ガイドブックを眺めて過ごす。

どこを回ろう。いやその前に、雫は旅行に応じてくれるだろうか。もし断られたらどうしよう。

そのときは、俺ひとりで行こうかな。二日も休みが被ったら、彼女も息苦しいだろう。そうしたら、ちょっとした傷心旅行だな。いよいよ、彼女との今後を考え直す機会になるだろう。ああ、それは避けたい。

日付が変わって、すぐに雫が帰宅した。

俺が起きていると気づいただろう彼女は、リビングに入り小さな声で「ただいま」

と呟いた。それから目をそらし、寝室に行こうとしてしまう。

「雫さん」

俺は呼び止めた。声が震えそうになる。

勇気を出せ。お見合いで、彼女にプレゼンしたときのことを思い出せ！

寝室のドア前で、雫はそろりと振り返った。その表情が、わかりやすすぎるほど言っている。『気まずい』って。

「次の木金、休みだろう？　予定はある？」

「……えっと、ないです」

ぼそりと返ってきた答え。俺はたたみかけるように言った。

「旅行に行かないか？　箱根なんだけど」

彼女がかすかに目を見開いた。だけどその目は、こいつなにを言ってるんだろうといった不審げな様子。

ここで折れるな。

俺はくじけそうになる心を叱咤《しった》して続けた。

「総務に有休を使えと怒られてね。せっかくだから、きみと休みを合わせて近場の温泉にでも、と思ったんだ」

「……別に無理して私と一緒じゃなくても……」

「無理なんかしてない！」

思いのほか、大声になってしまった。

雫がびくりと肩を震わせる。

まずい、驚かせてしまった。

俺は慌てて、声のトーンを落とし、まっすぐに彼女を見つめた。

雫のまん丸な瞳。栗色で透明感があって綺麗だ。見つめるという動作だけで、心臓はドキドキと早鐘を打っている。

「俺は、雫さんと行きたいんだ」

頬が赤くなっていないだろうか。下心がありそうには見えないだろうか。

気になることはたくさんあれど、ここで目をそらしてはいけない。

雫が俺の顔を見る。彼女はなんとも説明のつかない表情をしていた。一番の感情は〝困惑〟だろうか。

「わかった。行きます」

わずかに顎を引いて頷き、雫はそれ以上なにも言わず寝室に消えた。

ぱたんと閉まったドアを見つめ、俺はへたり込みそうになっていた。

受け入れてもらえた。
しかし、仲直りはこれからだ。
男を見せろ、榊 高晴。ここで嫁を繋ぎとめられなければ、俺の幸せはやってこない！

第五章　新婚旅行に行こう

木曜朝の新宿駅《しんじゅく》は通勤客が多い。制服姿の学生は少ないから、そろそろ春休みに入る頃なのだろう。

下りのロマンスカーはほどほどに席が埋まっていて、私たち以外は年配のお客さんが多そうだ。

ご夫婦や、女性同士のグループかな。私たちの後ろの席は、六十代後半の女性グループで、十人以上いるみたい。

女子高生のように、キャッキャとはしゃいだ笑い声をあげるおば様たちはちょっと可愛い。

そりゃ、もう少し静かにしてくれたらいいけど、女って集まればつい声が大きくなっちゃうのよね、って親近感もある。私だってオタ友と会ったら、いつの間にか大きくなってしまう声を何度も抑えなきゃいけないもんね。

本当のところ、今日はオタ友の千夏《ちなつ》ちゃんとコラボカフェに行く予定だった。

とある作品、アニメの放送が終わっちゃって半年経つんだけど、まだあちこちでコラボグッズやカフェが展開されている。

未定のアニメ第二期支援のためにも、公式にお金落とそう！って意気込んでいる。

千夏ちゃんはSNSで知り合った、全方位型腐女子でふたつ上。主婦だから時間の融通も利くし、『あれ嫌い、これ嫌い』っていう地雷がないから、どんなトークもオーケー！

今日はたまったストレス解消のためにも、がっつりアニメトークをしようと思ってたのに……。連休は予定があるかって聞かれて、言い訳を用意していなかった私は『ない』と答えちゃったんだよね。オタバレが怖い腐女子、咄嗟《とっさ》の判断ミス！

って前置きが長くなりました。

私の横には夫がおります。

通路側の座席にかけ、例の業界専門誌みたいなのを広げて視線を落としている。

高晴さんと私は、ロマンスカーに乗って箱根に向かっている。どうしてこんなことになったのやら。

高晴さんに旅行に誘われたのは、数日前だ。

事の発端は先週金曜、たまたま仕事で行った渋谷の街中、宮益坂《みやますざか》で同僚と楽しそうに歩いている高晴さんを発見したのだ。

高晴さんの首に腕を巻きつけているのは、綺麗なお姉さん。遠目でも長いストレートの髪がさらさらで、コートを着ていたってスタイルがいいのがわかった。

高晴さんの背中をバシバシ叩いている上司っぽい男性もいるし、他にも何人か男性と一緒の様子だから浮気じゃない。わかっている。

でも、私は胸をどすんとぶん殴られたくらい、苦しくなっていた。

高晴さんが、とても楽しそうに笑っていたからだ。

私に見せる笑顔はいつも若干の緊張感をはらんでいて、目をそらしてしまうときはちょっと冷たくも見える。

そんな彼が、子どもみたいに楽しそうに笑っている。酔っているのかもしれない。

普段より隙のある笑顔を、私は交差点のはす向かいで立ち止まって凝視した。

眩《まぶ》しかった。それと同時に、足から力が抜けそうだった。

同僚の人たちは、私より高晴さんと付き合いが長い。気を許した笑顔を見せるのは当然だ。

だけど、奥さんは私なのに。

自分でよしとしていた彼との平和な距離感を、もどかしく感じた。

私たちは円満な夫婦。夫の仕事やそれに伴う空間には立ち入らない。彼は少なくともそうしてくれている。

わかっているのに、胸が重苦しい。気持ち悪い。

原宿の店舗に帰り、締め作業を終えて帰宅した。

ひとりきりの家で見たくもないバラエティを見ているうちに、高晴さんが帰宅して……どうしてあんなことを言っちゃったんだろう。私といるより楽しそうだなんて。

やり取りは短かったけど、彼が嫌な気分になったことは間違いないと思う。お門違いにもほどがあるよね。

『きみこそ……俺といても楽しくないんじゃないか？』

呆然《ぼうぜん》とした表情で、寂しい言葉を言わせてしまったのは私だ。

あれから私も避けてしまい、謝ることもできずにいたんだけど。

まさか、旅行に誘われるなんて思わなかった。

了承したのは勢いじゃない。高晴さんが、『雫さんと行きたい』って言ってくれたから。

おこぼれにあずかるみたいで情けないけど、この人はまだ私を家族として大事に思ってくれていると感じた。その言葉に、心がわずかに温かくなったのだ。

だけど、結局私たちは決定的な仲直りの機会を逸し、気まずいまま旅路についてしまった。

私ひとり悶々としていて、全然整理がついていなくて、たった今も隣に高晴さんがいるのが気詰まりでしょうがない。

明るく爽《さわ》やかに会話すればいいのに。気の利いた言葉がまったく出てこない。

私が高晴さんに感じていた『私といて楽しいの？』は写し鏡みたいに、高晴さんの心にもあったものだ。

高晴さんも思っていた。『俺といて楽しいのか？』

お互いにそう思わせる関係でいたのは、よくないことだと思う。私たち全然円満じゃなかったんだなぁ。

ここで『よし、旅行中にラブラブ夫婦になっちゃうぞ』くらい気概のある女だったらいいんだけど、なにしろ〝三次元の恋愛は経験ございません女子〟だから、『気まずい』のほうが大きい。

はぁ、どうしよ。二日間ずっと一緒なのに。

ふと、横を見ると高晴さんが座席に背をもたせかけ、うとうとしている。

あ、寝ちゃいそう。

私はその顔を盗み見ながら、息を詰める。ほんの数秒で寝息が聞こえだした。

おば様たちの声がかなりうるさいのに、よく眠れるなぁ。そういえば、ゆうべいつまでもごそごそしていたっけ。旅行の準備だろうけど、たかが一泊なのになにをそんなに用意してたんだろう。まあいいや。寝ちゃったなら気まずさ半減だ。

私はボストンバッグからタブレット端末を取り出した。ぱっと見られるように、アニメをいくつか入れてある。着くまで見よーっと。

イヤホンをつけ、道中趣味の世界に入ることにした。

八十分ほどで箱根湯本《ゆもと》の駅に到着した。

電車を降りてまず感じたのは、都内よりはるかに寒いってこと。

というか、朝から気温が上がっていない感じかな。暖かい日だと聞いて春物のコートにしちゃったけど、この気温はカイロがいる。売店で売っていればいいんだけど。

「雫さん、これを」

売店やトイレの位置を窺う私に、高晴さんが声をかける。

ホームで手渡されたのはＡ５サイズの冊子だ。プリンタ用紙を、ホチキスでとめてある。手作り感満載のシロモノだ。

「なんですか？」

「今日の日程なんだ」

ぺらっとめくってみると、そこには今日のタイムスケジュールが載っていた。パラパラページをめくれば、目的地の写真と概要、途中の交通費まで書かれている。手製のガイドブック……どっちかって言うと、修学旅行のしおりに近いな、うん。もしかして、ゆうべはこれを作っていて遅くなったのかな。

私は唇を引き結び、どう反応すべきか考えた。

この人、わかっちゃいたけど、マニュアル男なところがあるよね。こういう、妙に細かいところに引いちゃう女の子は山のようにいる。

でもね、高晴さん、面倒くさがりで箱根に来たことがない私は思います。

『なんて気の利く人！』

あ、機会があったら言うけど、これは万人にやっちゃダメだからね。私の価値観が、修学旅行のしおりを許容できたってだけだからね。

素直に反応することにした私は、感謝の言葉を口にする。

「高晴さん、ありがとう」

ようやくまっすぐ彼を見上げる。

高晴さんはいつもみたいに、ふいっと視線をそらしてしまった。

「いや、俺は来たことないから、事前に調べただけで。そのついでだから」

「私も来たことないんだ。助かる」

高晴さんはかすかに頷き、背を向けて先に改札に向かってしまう。

旅行はスタートしたばかりだけど、ギクシャクした感じがてんこ盛り。

まあ、いいか。とりあえず、ちょこっと会話はできたぞ。


改札から出ることなく箱根登山鉄道には乗れる。荷物があるので、高晴さんの勧めで一度改札から出てコインロッカーにボストンバッグを預けた。

帰りは登山鉄道を経由しないから、改札の外がいいんだって。あとでしおりを見てみよう。

トイレ休憩時にこっそり売店でカイロを買い、腰とお腹と背中にくっつける。スカートはいてきちゃったから、腰回りは厳重だ。

今日は本当に寒い！　かといって寒い寒いを連呼してたら、旅行自体に不満があるみたいに聞こえちゃうじゃない。寒くないよう自衛はするわよ。

乗り込んだ登山鉄道は、観光客ですべての座席が埋まっている。

ゆっくりと傾斜を走りだせば、窓から見える温泉街。

進む山道の線路は、まだくすんだ冬の色だ。もう少しすれば、若芽の淡い緑色に染まるんだろう。桜にも時期が早く、民家に梅の花が見えるくらいだ。

車窓から深い谷と流れる急流を見下ろし、旅行に来たんだなぁと感慨深くなる。

急勾配をのぼる電車は通勤電車に慣れた人間には、ものすごくスローペース。三ヶ所のスイッチバックを経て、強羅《ごうら》の駅へ向かう。

強羅に降りると、硫黄《いおう》の香りがぷんと強く香った。

「ケーブルカーに乗り換えよう」

高晴さんはあまり喋らない。

たぶんこれがこの人本来のペースで、やはり結婚してから無理してたくさん会話していたんだなと実感してしまう。

ケーブルカーは古い作りで、車両と車両の繋ぎ目からは地面が見える。すうすう風も吹き込んできて、ある意味迫力がある。

スマホや定期入れを落とさないようにしないと。

「早雲山《そううんざん》でロープウェイに乗るけど、雫さんは高所恐怖症とかなかったよね」

「ない……けど、揺れる？」

「わからない。風が強ければ揺れるかもしれないね」

ううん、それはちょっと怖いな。

高所恐怖症ってほどじゃないけど、リフトなんかはあんまり得意なほうじゃない。ロープウェイや観覧車なんかは、直に風を感じないだけマシなんだけど。

ロープウェイ乗り場は、スキー場のリフト乗り場に似ていた。

すでに風がびゅうびゅう吹いていて、寒さを感じる。

風邪ひかないようにしなきゃ。今夜のあったかい温泉に期待だ。

乗り込んだロープウェイが山の間を進む。

びゅおおおおという風の音がすごい。

思いのほか高く、迫力のある景色に息を呑む。

明らかに顔色が悪いだろう私に対して、高晴さんは気遣い方がわからないのか、特になにも話しかけてこなかった。

仲のいいカップルだったら、『怖いよ～』『大丈夫だよ』なんて会話があって、彼氏は彼女の恐怖をやわらげようと、手を繋いだりするんだろうな。

なんて、私と高晴さんの間に期待しても無駄だ。

あらためて思うけれど、高晴さんはなんで私を誘ったんだろう。家族でいてくれるためだと思ったけれど、本当は違うのかな。

案外、今夜あたり別れを切り出されたりして。

やっぱり合わないから、夫婦関係を解消しようとか言われたらどうしよう。息苦しいこと言っちゃったの、私だもんなぁ。

私が『やだやだ〜』って駄々こねるのはアリなのかな。高晴さんはどう思うだろう。……って、私はこの結婚をやめたくないの？ もっとライトな気分で結婚したはずなのに。いつの間にそんなことになっているの？

大涌谷《おおわくだに》に着く頃には、視界は大地から吹き上げる煙で真っ白だった。強風が余計に煙を煽《あお》っているみたいに見える。

真っ白な世界から飛び出すと、大涌谷の駅だ。

ここでロープウェイを途中下車する。

大涌谷は箱根山の噴火跡地で、剥き出しの岩肌から硫化水素の白煙が立ちのぼる観光地だ。火山活動が活発なので、散策用のコースはすべて立ち入り制限になっているけれど、有名な黒玉子やお土産物屋さんはやっているし、なにより岩肌の絶景は見ごたえがある。

しかし、今日は本当に日が悪かった。

風が強すぎる！

あと少し強風になったら、ロープウェイが止まるというアナウンスの中、せっかく来たのだしと外に出てみて、一瞬にして後悔した。

寒い！　息ができないくらい風がすごい！　でもでも！　写真撮りたいし、お土産買いたい！　徳島先輩と千夏ちゃんには箱根に行くって言っちゃったから、黒玉子を食べてる写真くらい送りたい！

息を止めて、びゅうびゅうの強風に吹かれながら歩きだす私は、わずか数歩で風に煽られ、進めなくなった。

そんなに体重軽くないのになぁ。進めないよ〜。

もう目も開けていられない。その場で立っているのが精いっぱいだ。

すると、私の背をそっと支える人がいる。

言わずと知れた私の旦那様なんだけど、ちょっと驚いた。

私が身動きとれなくなっているのを見かねたのかな。

「雫さん、風が強いから、俺の後ろを歩きませんか？」

「う、後ろ？」

「背中にくっつくようにして進めば、雫さんは風を受けないかと思って。もちろん、雫さんさえよければだけど」

「じゃあ、遠慮なく！」

私は高晴さんの背にぴたっと額をくっつけ、よちよちと進みだした。高晴さんは長い脚でぐんぐん進み、私はコバンザメ方式で彼にくっついて歩く。

しかし、この様子、傍《はた》から見たら結構変な図だぞ。

仲良しカップルが、きゃっきゃしてくっついている様子には見えない。よちよち歩きのペンギンの親子って感じ。私も高晴さんも必死すぎる。

そして、風の向きがひとたび変われば私は容易に煽られ、高晴さんのジャケットの裾《すそ》をぎゅーっと引っ張り、耐える有様だ。

「雫さん」

「なに？　高晴さん」

「これ、ちょっと周りから見たら、変な感じになってるんじゃないかな」

「私もちょうど同じこと思ってた」

高晴さんが振り向く。

私が見上げる。

目が合って、思わず笑ってしまった。

「なんか、ちょっと間抜けだよね」

ごおごお唸《うな》る風に負けずに、私は声を張り上げる。

いきなり、高晴さんが私の肩を抱いた。

「嫌じゃなければ、これでも。風は浴びるけれど、前には進める」

肩を抱かれてしまった。ちょっとびっくりしたけれど、悪くない。恥ずかしいけれど、嫌じゃない。ぴたっとくっついた高晴さんの身体が温かくて、寒いのに頬が熱くなる。

「じゃあ、こっちでお願いします」

ドキドキする。無性に照れてしまう。

だけど私たち、なんだかおかしいね。

再びクスクス笑うと、高晴さんは困ったように頬を緩めていた。

ああ、ようやく私たち笑い合えた。ここまでの緊張感がわずかにほどける。

高晴さんの腕の中、あったかいな。風は強いけど、こうして歩けるなら悪くない。

高晴さんも同じこと、考えてるかな。

「高晴さん、お土産買いましょ。写真も撮ろう」

「風がすごいから、早めにね。俺が雫さんと景色を撮るよ」

「ダメ、ふたりで自撮りするの。きっと私たち、風に吹かれてすごい顔してるだろうから」

「そんな思い出、残すの？　恥ずかしいな」

この旅行、ちゃんと楽しもう。せっかく高晴さんが作ってくれた機会なんだもん。

桃源台《とうげんだい》から芦ノ湖《あしのこ》を海賊船で渡った。

この旅のワクワクするところは、私の好きなアニメが箱根を舞台にしていること。

芦ノ湖のあたりは聖地と言ってもいい。

まあ、高晴さんが知るはずもないので、私は心の中だけで盛り上がり、トイレなんかの休憩でオタ友・千夏ちゃんにメッセージを送っているわけだけど。

船を降りると、箱根神社へ向かう。

パワースポットとしても有名だし、箱根って聞いた瞬間『行ってみたい！』って思った場所だ。

インドア派な私も、そういうところは人並みに興味がある。

仕事安定、趣味充実は毎年初詣でお願いしているけど、パワースポットでお願いしたらもっといいことありそうだもんね。ハマってるアニメの二期、そろそろ発表になりますように～ってお願いしなきゃ。

神社は女性の参拝者が多い。

特に若い女の子のグループが結構いて驚いた。本殿の参拝は少し列になっていて、最後尾に並ぶ。

「恋愛のご利益があるというだけあって、女性が多いね」

高晴さんが言うので納得した。

そうなんだ。パワースポットって騒ぐのは女性で、女性の興味関心といったら恋愛は大きいよね。なるほどなるほど。

「恋愛運アップなの？」

「ああ、この本殿もそうだけど、隣にある九頭竜《くずりゅう》神社は有名な縁結びの神様を祀《まつ》っているらしい。本宮は別なところにあるんだけれどね。安産杉もあって、女性の参拝者は多いだろうね」

安産……勝手に意識してどーすんの。そして、縁結びって。えーと、でもこの流れなら、隣も参拝していくよね。

私が言葉に詰まっていると、それは高晴さんも同じなようで、黙り込んでしまう。

結局、私たちは黙ってお参りして、隣の九頭竜神社もしれっとお参りして、おみくじを引くという流れになった。

お参りしたのは、もちろん仕事と趣味のことだけど、今回はちょっとつけ足し。

『家内安全』

私と高晴さん、ふたりでお参りに来てるんだしね。一応ね。おみくじは私も高晴さんも中吉だったから、まあまあだと思う。

神社から出ると、高晴さんが私に向かって手を差し出している。

「なに？」

「これを、一緒に持ちませんか？」

高晴さん、敬語になってる。

手渡されたのは寄木細工のお守りだった。いつの間に買ったんだろう。

『和合御守』とあり『なかよしまもり』とルビが振ってある。赤と青の紐《ひも》がついていて、ふたつでひと組になる仕様だ。

これをそれぞれ持って、仲良くありましょうってことかな。

考えがまとまると、かーっと顔全部が熱くなった。

「私でいいんでしょうか？」

「……雫さんと持たないと、意味がないでしょう」

頬を赤らめて言う高晴さんの殺し文句だ。高晴さんは、私とお揃いのお守りを持ちたい。そしてそれは、末永く一緒にいられますように、って意味合いのお守り……。言葉では言わないけど、私のことをやっぱり大事に想ってくれてるんだ。もしかして、高晴さんは私が思うよりずっと、私との関係を特別に考えてくれているのかもしれない。

家内安全、お祈りしておいてよかった。

お守りがすごく嬉しくて、もじもじしてしまう。恥ずかしくて言葉にならない。

箱根湯本までのバスの中、私たちはすっかり無言になっていた。

気まずいというか、くすぐったい感じ。この旅の最初に感じた感覚とは、また違ったいたたまれなさだ。

私はお守りに紐を通し、青いほうを高晴さんに渡し、赤いほうを自分の定期入れにくっつけた。

箱根湯本の駅に戻り、バスを降りればそこは温泉街だった。お土産物屋が並ぶアーケードを進み、七、八分歩いたところに今日の宿があった。

老舗とは聞いていたけれど、綺麗なホテルだ。年季が入った古いホテルを改築したって感じかな。

チェックインをして、部屋まで案内がついたので、おや?とは思った。

「すごい……」

高晴さんが取ってくれたのは、たぶんこのお宿で一番いいクラスの部屋だ。

広々とした和室とカーペット敷きの板の間。ソファとリクライニングチェア、マッサージチェアもある。奥には洋室もあり、ふたりで泊まるには広すぎるほどだ。

「こんな部屋だったとは……」

横で高晴さんも、呆然としている。

ちゃんと調べないで予約したな、この人。

お金は大丈夫だろうか。めちゃくちゃ高額だったら、私も出そうと密かに考える。

「景色、綺麗だろうなぁ。見てみよう」

部屋の迫力に気圧《けお》されないよう、ボストンバッグを入口に置き、窓辺に駆け寄って
私は固まった。

窓の向こうには露天風呂がある。……部屋から直結の貸し切り露天風呂だ。

そして、このお風呂、部屋から丸見えじゃない!

「お風呂……」

私がそれきり絶句していると、隣にやってきた高晴さんがやはりぎょっとして、慌

てて言う。

「大丈夫！　雫さんが入っているときは！　カーテン閉めるから！　遠慮なく使ったほうが！　いい！」

動揺からか、言葉がかなりぶつ切れだ。

「あは、あはは、そうだよね。せっかくの部屋風呂でさらに露天だもんねえ。うんうん、それぞれ使おう。カーテン閉めてさ」

新婚ご夫婦やカップルなら、ふたりで入るのだと思う。私たちの脳裏に浮かんだのはまさにそれで、今までの恥ずかしさが爆発して、いよいよ言葉が見つからなくなってしまう。

ああ、どうしよう。仲良くしたいし、きちんと仲直りもしたい。

それなのに、ふたりきりの恥ずかしさと気まずさが増すばかりで、全然うまく喋れないよ。

「雫さん」

真横で高晴さんが言った。

ふたりで露天風呂を呆然と眺めていたタイミングだから、驚いて見上げる。

高晴さんはこちらを見ていない。窓の外へ向いた視線は険しいくらいだ。

なになに、なんか怒ってる？　私、変なこと言った？

彼の唇が小さく動く。

「この前のこと、すまなかったと思っています」

「え、え？　あ、うん」

一瞬なんのことだろうと考え、すぐにこの旅の直前の喧嘩を思い出す。

「感じの悪い言い方をしてしまった」

「そ、それは私だから！　ごめんなさい！」

怒鳴るような声になってしまった。

困って見上げる私の目に、優しい瞳の高晴さん。あ、こっち見てくれてる。

「俺は、きみと家族を続けたいから……一緒に旅行できて嬉しい」

柔らかな笑顔、細められた瞳……私の心臓がきゅうっと痛くなった。

なにこれ、すごく胸が苦しい。痛いし苦しいけど、嫌じゃない。

「高晴さん……」

私が答えようとした瞬間、彼の頰がぶわっと赤くなった。

びっくりするくらいの変化で、きっと彼はこの言葉を言うタイミングをずっと計っていたんだと気づく。

ああ、だから、彼はずっと無口で緊張した顔をしていたんだ。

「お、俺、大浴場に行ってくる。きみは露天風呂でも入っていたら、いいんじゃないかな」

高晴さんは視線をずらし、途端に早口でまくし立てると、自分のバッグのほうへ行ってしまった。

そして、急いで部屋を出ていった高晴さんを見送り、私もお風呂の準備をする。

心臓は、さっきからきゅうきゅう言っている。

高晴さん、逃げちゃったけど、それがマイナスな意味じゃないのは充分すぎるくらいわかっている。

高晴さんの本音はあの言葉。

わかるよ、伝わるよ。

洗面所と内風呂の先に、露天風呂がある。

円形の大理石風の湯船に浸かれば、歩き回って冷え切った身体がじわりとお湯で温められる。気持ちいい。

私はほおっとため息をついた。

「私も、高晴さんと旅行に来られて嬉しいよ」

本人に言えなかった言葉を、夕焼けの始まりかけた空に向かって呟く。

余計に胸がきゅうきゅうした。


夕食は部屋に運ばれてくるスタイルで、いよいよもってイイお部屋に泊まってしまった感がある。

運ばれてくるお料理は、どれもとても美味しい。最初に出てきた山菜の小鉢が絶品で、おかわりしたいくらい。ふきのとう味噌のついた生麩《なまふ》の田楽は上品で、苦手だった私もぱくぱく食べられた。

お風呂を上がってから、私たちはすっかり元のふたりに戻った。

料理ひとつひとつに「これはなんだろうね」と話し合い、「美味しいね」と笑い合い、仲居さんの説明を聞いては「へえ」と単純に感心して楽しく夕食を進める。

今日まで、高晴さんは無理して喋ってくれているのだと思っていた。

でも高晴さんは、口数がすごく多いほうではないけれど、きちんと喋る人だ。無理せず、自然体で私と楽しもうとしてくれているんだ。

それが嬉しいから、私はどんどん喋ってしまう。

日本酒が美味しくて、それも舌を滑《なめ》らかにする。

「箱根って初めて来たけど、見るものも多いし楽しいね。この旅館はごはんも美味しいし」

「そうだね。明日は美術館巡りをして、お土産を買おう」

日本酒のせいか、高晴さんの頬はうっすら赤く、こんなときにこの人が色白だと気づく。

顔立ちは、出会ったときから中性的な美形だと思っていたけれど、浴衣から見える鎖骨も、すらりとした首筋も、襟足から背骨のラインもすごく綺麗。

なんていうか……旦那さんでこんなこと考えるのは失礼だと思うんだけど、ボーイズラブなら、絶対綺麗めな受けだと思う。いわゆる、女役ってことね。

クールビューティーな受けちゃんが、やんちゃな大型犬系攻めくんに、ぐいぐい迫られちゃう展開とか大好きなんですけど。

待て待て待て、旦那さんでボーイズラブの展開を考えちゃダメ。

「そういえば、箱根って有名なアニメの舞台になってるんだってね」

不意に高晴さんがそんなことを言いだし、私はぴたりと固まった。

「ロボットが出てくるやつ。学生時代、友人に好きなヤツがいて、劇場版を見るのに付き合ったことがあるんだよ。最初の一作しか見てないんだけれど、面白かったなぁ」

『面白い』という言葉に、心の中でめちゃくちゃ歓声をあげる私。

　高晴さんさすが！　お目が高い！

「ちょっと気持ち悪い敵が襲ってくるんだよね。あの敵が出てきた湖って芦ノ湖かな」

「そうですよ」

　気づいたら、そう答えていた。

　落ち着け、私。落ち着け、オタ女子。

「ああ、やっぱりそうなんだね。箱根は聖地だってファンは言うらしいけど、他にもたくさんスポットがあるんだろうなぁ」

「芦ノ湖も湯本の駅前も、あっちもこっちも聖地そのものなの。まず敵の襲来で東京から首都が移され、そこが壊滅してから箱根が防衛の本拠地になったのね。湯本の駅は改築前のほうがアニメに出てきたのに似てるんだけど、アーチ構造の屋根とか多少インスパイアできる部分を残してるのかな、っていう考察はしちゃうよね。ちなみに大涌谷は主人公が家出したスポットだし、芦ノ湖の桃源台は作中で敵に吹っ飛ばされてるんだ。コンビニの商品やお土産物もコラボ商品が多くて、湯本駅の一階にはここにしかないグッズもある専門店があって、そういう意味ではファン垂涎《すいぜん》の聖地と言っても過言ではなく……」

ここまで一気にまくし立てて、私はハッと凍りついた。

私……今完全に素だった。素で語りまくってたよね。本性丸出しだったよねぇ……。

向かいに座る高晴さんを、おそるおそる見やる。

彼はかなり真面目な顔になっていた。リラックスした先ほどの表情とは違う。

あ、ああ……間違いない。好きなものに対して異常に饒舌《じょうぜつ》になるオタクの本性……ドン引かれている……。

「雫さん、俺、今わざとこの話題を出しました」

高晴さんの口から、思わぬ言葉が飛び出した。

「雫さんは、アニメとか……結構好きなほうなのかなと思って」

途端に、心臓がバクバクバクバクと鳴り響きだした。

恐れていたオタバレの瞬間が、今ここに！　しかも疑われていたからこの話を振られ、まんまと食いついてしまったんだ！

「ロマンスカーの中で、雫さんずっとアニメを見ていたから」

「お、起きてたの……？」

「途中から。夢中で見ていたし、ニコニコ楽しそうだったから、声をかけられなくて」

あーっ！　見られてたー！　油断したー‼

しかも、ニヤついてるところを見られたー‼　私の推し、今日も可愛いって思ってるところ見られたー‼

「だから、今話題にした有名なアニメは、絶対見てるんじゃないかと思って」

「うん、全部見てる」

観念すべきときが来たのかもしれない。

カマまでかけられたんだ。下手に隠し立てせずに、正直に言おう。そのほうが傷は浅い。

「今まで言ってなかったけど、割とその……漫画やアニメを見るほうというか……」

「アニメ、好きなんだ」

「えーと、うん。結構、かなり、だいぶ……好き」

ううう、ずばっと言わないで。恥ずかしい。どうせ、子どもっぽい、オタクっぽいって思ってるんでしょう⁉

「趣味の読書っていうのも」

「ああうん、まあそっちの方面。普通の小説も読むよ？　でも、圧倒的に漫画のほうが読む……かも」

「なんだ、そうなのかぁ」

高晴さんは畳に手をつき、安堵したように笑っている。

んん？　思った反応と違うぞ。

「いや、あまり本を読んでいるところを見ないなと思っていたし、たまに本の話題を振っても響かないから、読書っていうのはなにかごまかしているのかなと思っていたんだ。そういうことなんだね」

うわあ、高晴さん、いろいろ気づいてたんだ。というか、自分の大根役者っぷりが切ないわ。

「もしかして、たまにパソコンやスマホを眺めて嬉しそうにしてるときも……？」

「あー、うん。だいたい、アニメ関連の動画見てたり、ＳＮＳ見てる。え、そんなにニヤニヤしてたの？　私」

「ああ、すごく幸せそうだから、俺はてっきり誰か他に好きな男がいて、やり取りしているのかと勘ぐっていた。すまない」

ええ？　そんな誤解まで招いてたの？　確かに二次元の好きな男を見てニヤニヤしてはいたけれど、浮気じゃない！　断じて違う！

「高晴さん、私、そんな相手いないよ。そもそも、高晴さんとのお見合いだって、私があまりに趣味充してて恋愛や結婚の気配がないから、両親が心配してのことだったんだもん」

「え、ああ、そうなのか……」

高晴さんに見つからないようにオタク活動していたつもりだったけれど、こそこそしていることくらい、一緒に住んでいれば気づくよね。挙句、変な勘ぐりをさせてしまった。

「なんかごめんなさい。オタクっぽい趣味っていうか、私、結構オタクだから……高晴さんには理解できないだろう、って思って黙ってたの。引かれたくないなって」

「雫さんの趣味だろう？　意外だったけど、引いたりしない」

謝る私に、高晴さんは薄く微笑んで言う。

「帰ったら、きみのオススメのアニメを紹介してくれないか？　ふたりで時間のある夜に見よう」

思わぬ提案に、つい身を乗り出してしまう。だって、見咎めないでいてくれるだけですごいことなのに、こっちに興味を持ってくれるなんて、ちょっと驚きだ。

「いいの？」

「俺だって子どもの頃は、ロボットアニメや特撮にハマッていたわけだし、興味がないわけじゃないよ。それに奥さんの趣味に寄りたいって思っちゃダメかな。ファンからしたら、にわかっぽいかな」

　私の趣味に寄りたいって……それは私を理解したいって思ってくれてるんだよね。

仲良くしたいからだ、って思っていいよね？

　畳に手をつき、私はいっそう身を乗り出す。

がっついちゃうけど、仲間ができそうになるとエンジンかかっちゃうもんなんだよ。

「あ、あのね！　今朝見てたのでも箱根に関係のある作品でもないんだけど、ロボットアニメならイチオシがあるの！　ここ、Ｗｉ－Ｆｉも飛んでるし、一話目だけ公式サイトで見られるから……これからタブレットで見ない？」

「本当？　じゃあ、見よう」

　高晴さんがあっさり了承してくれた。

いいの？　本当に？　うわあ、かなり嬉しいぞ、これ。

　夕食が済むと仲居さんたちにテーブルを片付けてもらい、日本酒と酒の肴を少し残してもらう。布団を敷き終わり、仲居さんたちが出ていってから、並んでタブレットでアニメを鑑賞した。

　テーブルにタブレットを立てかけ、お酒を飲みながら見るアニメ。しかも旦那さんと……。

こんな日が来るなんて思いもしなかった。

「いきなり気になる終わり方だったね」

見終わって最初の感想がそれだった。

一話目は登場人物の状況とメインのロボットの機体が出てきて終わってしまった。

確かに気になる展開だろう、と自信を持ってオススメできる。

「二クールで二期やったアニメだから、全部見ると五十話まであるんだ。でも見る価値がある作品だから！」

「主人公はふたりの少年なんだろう？　ふたりがどうなるか気になるし、全部見よう」

「ホント!?　嬉しい！」

五十話という長丁場にもめげず、『見る』と約束してくれた高晴さん。

男気ある！　偉い！

この作品は大好きだけど、ラストがつらすぎてブルーレイ購入を躊躇《ちゅうちょ》していたんだよね。これを機にボックスを買おう。あと、公式キャラクターブックも買おう。

「私が趣味を教えたんだから、高晴さんも教えて。私も高晴さんに寄りたい」

タブレットを置き、ふたりで日本酒を傾ける。

私もほろ酔いでふわふわしてきた。普段より口が回る。

「俺はあんまり趣味があるほうじゃないから。強いて言うなら、散歩かな」

「散歩？」

「ひとり暮らししてた頃の休日は、近所や都内を散歩していたな。ランニングとかじゃなくて、普通に景色を眺めて。……じいさん臭いって思った？」

じとっとこちらを眺めてくる彼が珍しくて、そして少し可愛らしくて、私はぶふっと噴き出した。

「思ってないよ。散歩なら私も付き合えるじゃない」

「歩き回って、帰って筋トレして、だいたい週末が終わるんだ」

「筋トレはやだなぁ。でも、今度お散歩しましょう。私がインドア派だから、お散歩で連れ出してもらえると助かるなあ。って、この旅行も規模の大きな散歩って感じじゃない？」

「確かにね」

なんだ、私たちってこんな風に近づくことができたんだ。

オタク趣味をバカにされたら嫌だ。引かれたら嫌だ。

そう思ってハリネズミみたいにトゲを立ててきたけれど、こうして素直に話せば理解してくれる人だっている。

旦那さんがそんな人でよかった。

ディープな部分まで、全部理解してくれなくてもいい。歩み寄ってくれる人って素敵だ。

「高晴さん、ありがとう。高晴さんが旦那さんでよかった」

私が言うと、高晴さんはあからさまに頬を赤くしてよそを向いてしまう。

照れているのかな。いいや、言っちゃおう。

「お見合いだし、利害が一致したから結婚したような感じだけど、私は高晴さんを大事な旦那さんだと思ってます。もっと仲良くなりたい」

浴衣の首筋まで赤くなっている高晴さん。

お酒のせいじゃない。だって、私もきっと赤くなってるもん。

「……雫さん、よければ……キスしてみませんか？」

不意に言われて、心臓がどかんとひとつ鳴り響いた。

「キス……？」

「夫婦だし……そういうことも……してみてもいいのかなと」

どうしようと焦りながらも、私は頷いていた。

拒否はしたくない。高晴さんとキスしたい。してみたい。

高晴さんがメガネを外し、右手を畳につく。顔が傾く。私も右側に顔を傾け、唇同士が触れ合った。

結婚式のときは感触も覚えてないけれど、今回はちゃんとわかる。柔らかくて、気持ちがいい。お互いの体温が近くにある。高晴さんの黒い髪が私の頬に当たる。

わずかに触れ合っただけで、私たちは唇を離した。

「へへ」

「なに？」

「今だから言うけど、結婚式の誓いのキス、あれが私のファーストキスだったの。これで二度目だなぁって思っただけ」

間近にある高晴さんの瞳が、ちょっとだけ大きくなる。

驚いたかな。

すると、高晴さんが私の頬に左手をぺたっと押し当てた。

なんだろうと思う間に、再び唇が重なった。

彼にしては強引で急なことに、私は真っ赤になって言葉が出ない。

「これで、三度目」

その言葉は、高晴さんの腕の中で聞いた。高晴さんの胸に顔をくっつけ、私は抱き寄せられていた。こんな風にハグするのは初めてで、結婚して二ヶ月以上経つのに変な話だなと思った。

アニメや漫画の中でキスシーンがあると、ワクワクする。なかなかくっつかないふたりなら、『早くキスくらいしちゃいなさいよ!』って思う。

でも、本物のキス、好きな人とのキスは、簡単に済ませてしまうにはもったいないんだ。特別で大事な瞬間なんだ。

ああ、私やっと気づいた。

私、高晴さんのこと好きになってる。

抱き合って胸が苦しいくらいドキドキするのも、もっとこの人のことが知りたいって思うのも、四度目のキスもしたいって思うのも、全部全部恋なんだ。

あったかい気持ちなんだなぁ、恋って。それを教えてくれたのが、たったひとりの旦那さん。私、もしかしてものすごく幸せ者なんじゃない?


その晩、私たちはそれ以上触れ合うことはなかった。

そっと離れ、照れて顔も見られないまま眠りについた。

でも、寝るまで高晴さんが隣の布団から腕を伸ばし、手を繋いでいてくれた。

翌朝、チェックアウトを済ませると、予定通り美術館を巡り、お土産物を買って私たちは帰途につく。

高晴さんが誘ってくれ、箱根が舞台の有名アニメのグッズ専門店でたっぷりと買い物の時間が取れるというおまけ付き。

観光、オタバレ、恋心判明……盛りだくさんで箱根旅行は幕を下ろしたのだった。

第六章　奥さんを押し倒す方法

職場から帰る道は、ずいぶん春めいていた。

ここ数日、気温はぐっと上がり、桜の蕾《つぼみ》も膨らんでいる。今週末には東京も開花するそうだ。

夜桜見物に奥さんを誘って出かけたら、ちょっといいんじゃないか？

俺はつい頰を緩めて考える。

都内の名所は人が多そうだから、この近所を回ろう。ふたりで並んで桜を眺める。大人のデートだ。月光の下ほころぶ桜を見上げ、来年もその先もずっとこうして桜を見よう、なんて約束をしながら歩くのだ。

すごく！　夫婦っぽくないか⁉

箱根旅行から五日、俺と雫は仲のいい夫婦に戻っていた。

いや、戻ったのではない。より親密になったのだ。すれ違いを経て、俺たちは想いを伝え合い、深く深く愛し合う仲になったのだから。

……話を盛りすぎた。『愛し合う仲』と確定したわけではない。

雫は俺と仲良くしたいと言ってくれた。

だが、それがイコール恋愛感情かと言われると、わからないところだ。縁あって夫婦になったから、という気遣いであることも否定できない。

しかし！　未来はわからないじゃないか！

雫に他に男の影はない。夢中の対象は趣味のアニメと漫画だった。しかしそれだって二次元の話！

三次元、リアルな男は夫である俺しかいないのだ！

仲良くふたりで時を刻んでいけば、雫の愛は俺に傾くに違いない。そして、雫はなんと、恋愛経験もないというのだ。

これは本当に驚き、そして安心した。

実を言うと、俺はこの点を長らく引け目に思っていた。

雫はあんなに可愛いのだ。ぱっと見、オタク要素ゼロだ。口に出さないだけで、さぞ華麗な恋愛経験を持っているだろうと思っていた。

恋愛経験に乏しい俺が、もしベッドインまで持ち込むことができても、雫を満足させてやれるだろうか、と。

しかし、雫は俺以外とはキスもしていないのだ。

つまり、雫の初めてはすべて俺がもらう権利があるということ。男としてこれほど嬉しいことがあるだろうか。

俺は神に拝んだ。

ありがとう、最高の出会いと結婚をありがとう。彼女は俺が絶対、幸せにします。

箱根の宿で、愛しい妻を腕に抱き、俺は心で涙を流した。

なお、この仲直り旅行の提案者である日向には、箱根土産の黒いラスクとともに顛末の報告をした。

仲直りができ、彼女に男はいなかったこと。これから夫婦として仲良くやっていこうと誓ったこと。

雫が望むかわからなかったので、本人がひた隠していたアニメ大好きという趣味は伏せておいた。

『やったじゃない！　ハネムーンベイビー、できちゃってるかもよ～。箱根ベイビーだねー！』

無邪気に喜んでくれる日向に曖昧に微笑み返し、俺は頷いた。

言えなかった。ここまできて、キス以上には進めなかったなどとは。

初心《うぶ》な雫に雰囲気で無理強いしたくなかったし、あとは俺自身、彼女の優しい気持ちに触れ、キスで満足してしまったのだ。手を繋いで眠るなんて子どもみたいだけれど、充分幸せだったのだ。

俺と雫は、これからゆっくり恋愛ができる。焦ることはない。

くすぐったいような気持ちで、俺は今日も帰途につく。

マンションの玄関を開けると、パタパタと雫が出てきた。

「おかえりなさい、高晴さん！」

カフェエプロンをつけて、ジーンズとブルーのブラウス姿の雫。今日は休みだからオフスタイルだ。

「ただいま、雫さん。夕飯はなに？」

「カレー！　へへ、手抜きだって思わないでね。美味しいルーとチャツネを教えてもらったら、作りたくなっちゃったの」

部屋には、香辛料の香りが漂っている。

俺の腹が反応して、ぐうと鳴った。雫には聞こえなかったと思う。

食卓には、カレーとチキンサラダ。カレーは大盛り、サラダにはチキンがルッコラとレタスの上にゴロゴロと載っていて、見た目だけでかなりボリューミーだ。

「今日ね、オタ友の千夏ちゃんとコラボカフェに行ってきたの。千夏ちゃん、専業主婦だから主婦の知恵をいろいろ教えてもらったんだ〜」

「それでカレーね。うん、美味いよ」

ひと口食べて答えると、雫がうふふと嬉しそうに目を細める。

「箱根のお土産渡してぇ、たくさんお喋りしてきた。ほとんどオタトークだけどね。コラボカフェは予約制で、今回のところは味のクオリティも高くて、やたらと注文しちゃった。でも、私の推しのコースターは出なくてさ〜」

楽しそうに、くるくる表情を変えて喋る雫。

以前よりイキイキして見えるのは、好きなことを語っているからだろう。

「ほらほら、カレーが冷めるよ。ゆっくり聞くから」

「はぁい」

雫が子どもみたいに無邪気な返事をする。

はぁ、可愛い。俺の奥さんが今日も可愛い。

食後にひと休みをして、順番に風呂に入った。

俺が上がると、雫はソファでスキンケアをしていた。ヘアバンドで髪を上げ、おでこを丸出しにし、頰っぺたにコットンを貼りつけている。

間抜けにも見えるこの隙だらけの姿が、愛おしくてしょうがない。俺は隣に座って彼女の横顔を眺めた。

「高晴さん、じっと見ないで」

「ごめんごめん」

いい雰囲気だ。このまま、キスしてしまえそうだ。

そっと顔を近づける。あと十センチ、八センチ……。

突如、雫ががばっと立ち上がった。

「じゃ、続き見ましょうね！」

俺のキスを避けたわけじゃない。今の彼女は、完全な天然だ。

なぜなら、雫はニコニコ笑顔でリモコンとブルーレイディスクを手にしている。プレイヤーにディスクをセットし、始まったのは雫イチオシのロボットアニメ……。

「昨日、いいところで終わっちゃったもんね。私、前回と今回は当時リアタイ視聴してたんだけど、しんどくてさ〜。SNSも大荒れで、フォロワーみんな、アイコンがお墓になっちゃって。あ、当時はアイコンの枠が四角だったから遺影みたいに加工できたんだけどね！」

言っていることが半分くらいわからないけれど、雫は隣に戻ってきた。目はもう液晶画面に釘付けだ。

箱根から戻ってきて、ふたりとも時間がある夜は、彼女のオススメのアニメを見ることになっている。

正直に言えば、俺はアニメや漫画にさほど興味があるわけじゃない。しかし彼女の趣味なら、俺だって無視するわけにはいかないだろう。こうして、並んで視聴する時間は夫婦らしくて嬉しいし、実際アニメもなかなか面白い。

しかしだ！

こうなると二時間ほどアニメに時間を取られ、見終わると『じゃあ、寝よっか』という流れになってしまうのだ！

ふたりでイチャイチャする時間がない！　まっっったくない！

「はぁ、オープニング、マジ神。曲もいいよね。盛り上がるよね。このさぁ、メイスで敵機体の装甲を叩き潰す瞬間、めちゃくちゃカッコよくない？　あと、主人公ふたりが視線交わすのが尊すぎるよね～！」

うっとりと画面を見つめる雫を抱き寄せ、ソファに押し倒し、キスすることが俺にできるか？

で・き・る・わ・け・な・い！

そんなことしたら、ただの妨害行為だ。

雫は俺になびくどころか、鬱陶《うっとう》しく思うだろう。もう、一緒にこんな時間を過ごしてくれなくなる。

仕方なく俺は邪念を殺すため、画面に集中する。

「あの参謀役の少年、妹のことを心配したりして、近々死んでしまいそうで怖いな」

「高晴さん、鋭い！　そうなの、死亡フラグめっちゃ立ってるでしょ！　もうつらい！　あーでも、これ以上言えない！　見よ、ね！　見よ！　最後まで見ればわかるから‼」

エキサイトする雫の横で、おとなしく視聴する俺。

展開は面白い。それは認める。

そして雫の中で、今の俺のポジションは同居人から格上げにはなった。しかし、現状『アニメ友達』くらいで終わってないか？　楽しく語り合いながらアニメを見る、素敵な仲間になっていないか？

それは……本意ではない……。

情けないけれどせめてもの主張で、俺は隣に座る雫の手を取り、ぎゅっと握った。

土曜の夜、駅まで早番の雫を迎えに行って、ふたりで夜桜見物をした。

といっても、ライトアップされているようなところは近所にない。街灯と月に照らされた桜並木を見るだけだ。

新しくできたマンション群の付近は道路や街路樹も整備され、八分咲きの桜が左右に並んでいる。

桜のトンネルは、どこにでもありそうだけれど、やっぱり美しいと思う。

「綺麗～。この街の桜は初めて」

「本当に綺麗だね。公園のほうも回ってみる？」

「うん」

夕食は、マンションの近くのパスタ店に寄る算段をつけている。ゆっくり桜を眺めるのもいいだろう。

日中は暖かいので、満開まではあっという間に違いない。そうなると、いよいよ春本番だ。

やがて花びらが散り、葉桜になる頃、俺と雫の関係はもう少し進展しているだろうか。焦る必要がないのはわかっている。だけど、もう少し。あとちょっとだけ、男女の関係らしくなってもいいんじゃないか？

そんな言葉は呑み込んで、俺は世間話的に口を開く。

「仕事は順調？」

「うん、おかげさまで」

答えた雫が、ふと浮かない顔をしているように見えた。伏せられた睫毛の影や、口を噤んだ表情の、ちょっとした違和感だけれど。

「どうかした？」

「んー、高晴さん、ちょこっと相談してもいい？」

街灯の下、雫が立ち止まった。

風が花で重そうな枝を揺らす。

俺を見上げてくる妻の顔を見て、なにやらさらっと流せる話ではなさそうだと思う。

「どんなこと？」

転勤だとか、実家の事情だとか、不穏な話でないといいなと内心おののきつつ、平静を装って答える。

「あのね、一昨日《おととい》、外部のデザイナーさんとビジネスランチをしたの。うちの営業担当ふたりと、店舗担当を代表して私が」

「デザイナーって、下着のデザイナー？」

「うん、自社デザイナーもいるんだけど、その鳥居さんって委託してるフリーのデザイナーさん、評判も売り上げもよくて、うちの会社的には接待してでも逃したくない相手なのよ」

俺が頷くと、雫が眉根を寄せて困惑げに言う。

「その人から、今日になって店舗に連絡が来てね。今度はふたりで夕食でもどうか、って」

動揺から、俺は表情筋が動かなくなった。

この瞬間まで、俺はそのデザイナーが女性だと思っていた。下着のデザインだというから、先入観があったのだ。

しかし、この話の流れとして相手は男だ。

そして、立場を利用し、雫をひとりの女性として食事に誘っている。

「すぐに営業に相談したよ。担当は私の先輩だし、報告もなしに勝手なことしないほうがいいから。先輩は『誘いは断っていい』って言ってくれた。でも、鳥居さんの機嫌を損ねるほうが面倒くさいことになっちゃうんじゃないか、っていうのもわかるんだよね。それに、たかだか夕食の誘いを断るなんて、自意識過剰かなとも思うし」

そこで雫は言葉を切り、俺を見上げた。

「あのね、高晴さん。私、行ってきたほうがいいかなぁ」

俺は反射的に笑顔になっていた。

頭の中は暴風波浪警報状態。しかし、そんなことは表情に出せない。

「そういうことなら、行ってきたほうがいいさ」

俺の言葉に、雫が頼りなげに視線を揺らす。

「そう思う？」

「少しでも仕事が関わってしまうと、私情だけで判断できなくなるんだよな。営業や会社のことを考えている雫さんは偉いよ」

耐えろ、俺。絶対に言うな。『行くな』なんて。

「それに、相手は売れっ子のデザイナーだろう？　センスのいいお店に連れていってもらえるかもしれないよ。我慢するだけの仕事じゃないさ」

背中を押す俺の言葉に、雫は柔らかく微笑んだ。

「そうかもね。じゃあ、美味しいものを食べさせてもらって、義理を果たしたらソッコー帰ってくる」

「うん、そうすればいい」

俺は自分でもびっくりするくらい、にこやかだった。

せっかく花の見頃なのに、頭の中はもう桜どころじゃなくなっていた。

ぶわっとひと際強い風が吹き、雫が「ああ、散っちゃう」なんて呟く。

その声が少し遠く聞こえた。


日曜日、やることのない俺は遅番の雫を送り出してから、部屋に掃除機をかけた。

ゆっくりと本を読んだり、映画でも見に行こうかと考えたが、どれも集中できなそうでやめた。

雫が他の男と食事に行く。

そのことが重石になって、心にのしかかっている。

俺も同僚の日向や、仕事相手の女医なんかとランチをすることはある。しかし、それは同僚の付き合いや仕事の範囲だ。

雫の職場は女性が多いが、彼女がもし男性の同僚と昼食を食べるくらいなら、俺も気にはしない。そこまで目くじらを立てていたら仕事妨害だ。

しかし、今回は話が違う。

相手はビジネスランチのあとに、わざわざ雫を誘っている。

彼女の左手の薬指を見なかったはずはない。雫が既婚者だと気づきながら、ディナーに誘っているのだ。そんな男は、どれほど才能があろうが、雫の会社に必要な存在だろうが、ろくなヤツじゃない。

それほど嫌なら『やめろ』と言えばよかったのだろう。

しかし、仕事が多少なりとも関わっていて、雫本人が本意でなくとも行ったほうがいいと考えていて、そこで俺がどうして止められるだろう。

止めてはダメだ。俺の理由は単純にも『嫁さんがよその男と夜に出かけるのが嫌』ということだけなのだから。

きっと雫は俺をおもんぱかって相談してくれた。ビジネスであり接待だから行くと言えばいいところを、正直に素直に話して伺いを立ててくれた。

彼女の気持ちを台無しにしたくない。

ああ、しかしモヤモヤする。

彼女を狙っている男がいる時点で焦りと苛立ちを感じるし、そんな男との食事を許してしまった。

仕方なく延々と部屋を掃除する俺。リビングダイニング、寝室まで掃除機をかけると、物置にしている部屋に入る。

いつの間にか増えたグリーンの衣装ケース。当初は、雫の服が入っていると思っていた。

しかし、この前の旅行後、中身の半分が漫画やＤＶＤ、ブルーレイであることを雫本人が教えてくれた。ケースの大きさから見ても、相当な量があるだろう。

自分から漁る気はないけれど、彼女がこの中からいそいそと漫画を出している姿を想像すると、大変可愛らしい。

すると、ひとつの衣装ケースの上にＤＶＤと漫画が積み上がっている。

絶妙なバランスで二本のタワーになっているので、量は察してほしい。

なぜ、これだけ出してあるのだろう。趣味がオープンになったから、外に本棚でも用意するつもりだろうか。

ＤＶＤのてっぺんの一枚に付箋《ふせん》が貼りつけてあるのに気づいた。

【高晴さんと見るアニメ】

雫の字だ。

大量のアニメは雫がふたりで見ようと選別したものだったのだ。ということは、漫画は俺に薦めようとしているものだろうか。

今見ているアニメは半分と少しが経過し、テレビ台にはブルーレイボックスがそこそこのスペースを占めて置かれている。見終わるまでまだかかるだろう。

しかし、その後も見るものはたくさんあるということだ。雫はちゃんと準備をしているのだから。

雫の子どもっぽい字を見ていたら、ふつふつと笑いがこみ上げてきた。

なんだか悩んでいるのがバカらしくなってきたぞ。

俺はなんの心配をしているんだろう。雫が他の男と食事をしてなんだというのだ。

雫はこの先も俺と過ごすことしか考えていない。万が一、そのデザイナーの男に惹《ひ》かれてしまう結果になったなら、それは俺の努力不足に他ならない。

結局俺は自分に自信が持てないから、こんな卑屈な頭でいたわけだ。仲良くなりたいと箱根の夜に言ってくれた雫の顔が浮かぶ。

俺の可愛い奥さん。

雫は俺と未来を見ている。

それなのに、俺はいつまでもダメだな。

言いたいことを言おう。本音を遠慮せずに言おう。嫌われることに、怯える必要はない。

俺たちは夫婦なのだ。

雫の仕事が終わる頃に合わせて、職場の店舗に迎えに行くことにした。

急に行ったら驚かれるだろうから、昼の時点で連絡済みだ。【買い物ついでに迎えに行ってもいいかい?】と。

雫は【ありがとう】というスタンプとともに、終業の時刻を教えてくれた。

二十二時の原宿、日曜の夜はまだ人がたくさんだ。

雫の勤める店舗はもう店じまいの様子。

中には人影があるから、俺はここで待っていたほうがいいだろうか。伸び上がってショーウインドーの中を見やる。

おや、雫がレジにいて、その横に男がいる。金髪で背は高いが痩せていて、横顔を見ても鼻が低く平坦な顔をした男だ。デザインシャツに春物っぽい薄手のウールジャケット、ピタピタした黒いパンツをはいている。

おしゃれなのかなにか知らないが、ネックレスのようなものが胸元にじゃらじゃら見えている。

こんな格好の男、同性として俺は絶対に友人にならない。キャラが違う……というか、妙に格好つけたそのスタイルが気に食《く》わない。なよなよとした感じが、バラエティに出てくるいかにもなオネエキャラに見える。

その男が、雫の左手首に自分の手を添えた。

雫が眉をひそめているのが見える。何事か険しい表情で答えている。

俺は逡巡《しゅんじゅん》した。どうすべきか。

相手は誰だ？　閉店後だから客ではない。会社の人間か？

いや、雫の会社は老舗メーカーだ。営業などの男性社員も、服装自由ということはない。

もしかして、例のデザイナーか？

踏み込んでいいものか。ここは雫に任せるべきか。

いや、詳細はわからないが、店じまい後の店舗に押しかけてくるなんておかしい。

そもそも、いつまで雫の手首を掴んでいるんだ！

頭に血がのぼるのを感じつつ、俺はためらわず店舗のドアを開けた。

自動ではなく、普段は開け放っているだろう両開きの引き戸を開け、店内に入ると、さほど大きな店舗じゃないのですぐに雫が俺に気づいた。

「高晴さん！」

「雫、迎えに来たぞ」

声は自然とドスの利いたものになっていた。たぶん、視線は怒りで獣のようになっているだろう。

雫の隣にいた男が慌てて、雫の手首から手を離し、勢いよく引っ込める。

ほぼ同時に俺は雫をレジスペースから引っ張り出し、胸に抱き寄せていた。

「榊さん、ご主人ですか？　いやあ、それは邪魔できないなァ」

男は上擦った声で言い、バカにしたような焦ったような笑顔を作る。

やはりこの男、雫に誘いをかけていたデザイナーのようだ。

「今日は失礼します。またいずれ」

そそくさと俺の横を通り過ぎ、出ていく男。

俺はその肩を掴みたい衝動を必死に抑えた。これ以上、雫に近づくなと威嚇《いかく》してやりたい。雫を抱き寄せる腕の力が、自然と強くなってしまう。

しかし、それはやりすぎだ。男が去っていくのを苦々しく見送り、俺は冷静になろうと呼吸を整えた。

「雫さん、すまない。店の中まで入ってきてしまって」

雫がふるふると首を振り、ほっとしたような表情で俺を見上げてくる。

「ううん、いいの。今の人、例のデザイナーさん。なんの連絡もなく急にお店に来て、ちょっと困ってたから助かったよ」

やはりそうだったか。

俺は腹の中で燃える怒りをぐっと抑える。

「なにかされていない？」

「なにもされてない。大丈夫。ありがとう」

閉店後の店内に、ふたりきりだったのだ。緊張感はあっただろう。

本当に今日迎えに来てよかった。

安堵したのだろう、雫は親猫に甘える子猫のようなふにゃふにゃの表情をしている。

可愛くて、そのままキスしてしまいたい。頬に触れ、そっと撫でる。

雫が目を細める。

このまま甘い空気でいたいけれど、俺は大事なことを伝えに来たのだ。名残惜しく抱擁《ほうよう》を解き、雫に向き直った。雫に話したいことがあってここに来たのだ。今の出来事で余計にはっきりした。

俺は、きちんと気持ちを伝えなければならない。

「雫さん！」

大声で呼ぶと、雫は驚いた顔になる。

突然デカい声を出すのだから、それはそうだろう。でも、始めてしまったものは止められない。向かい合った雫を、まっすぐに見つめた。

「雫さん、俺、本当はきみが他の男と食事に行くなんて嫌だ」

雫が目を丸くする。呆《あき》れているだろうか。

でも言わなければ。

「俺も同僚の日向なんかとは、昼飯を一緒にしたりする。きみが同僚の男性とランチに行くくらい、なんとも思わない。でも、さっきのデザイナーはきみの同僚でもなんでもないし、明らかにきみに気がある。こんなところまで押しかけてくるなんておかしい。そんな男と、夜にふたりきりにさせたくない」

話しながら、だんだん言葉に感情が挟まってくる。

見合いのときのプレゼンを思い出せ、冷静に話そう。

心で唱えるが、うまくいかない。

「きみが美味しそうにメシを食うのを、正面で見られるのは俺の特権だと思ってる。きみが楽しそうに喋るのに相槌を打つのは、俺だと思ってる。他の男に見せたくない」

「高晴さん……」

俺はそこで言葉を切った。本音は隠さなくていい。きちんと伝えろ。

「だけど、きみを信頼してる。……あんな男だが、食事は行ってきていい」

雫が他の男と食事に行くなんて嫌だ。

しかも相手はいけすかないデザイナー。

でも、彼女は俺の妻であろうとしてくれている。

俺はその事実を圧倒的に信頼する。

「結論が変わるわけじゃないんだけど、どうしても俺の気持ちも、伝えておきたくて」

「高晴さん、私ね、食事断っちゃった」

返ってきた答えは、予想外のものだった。

雫は食事を断った？

本人は行く心づもりだったはずなのに。

「断りのメールをしたら、いきなり店舗に来るんだもん。それで、他に都合のいい日はないかとか言われて、それもお断りしてたところ。そうしたら、高晴さんが入ってきて驚いちゃった」

「断ってしまって……よかったのか？」

「だって、やっぱり既婚女性が男性と夜にふたりきりで食事って、避けたほうがいい絵面だよね。どこで誰が見てるかもわかんないし。それにビジネス外なら断ったって、本来は問題ないんだよなぁって思い直したの」

そこまで言ってから、雫はへらっと笑った。

「というのは建前で、本当は高晴さん以外の男の人とごはん食べても楽しくなさそうだから、行きたくなかったんだよー。どんな美味しい三ツ星フレンチフルコースでも、予約の取れない人気店のステーキでも、よく知らない人と食べたら味なんかわかんないよ〜」

言葉が出なくなってしまった俺に一歩近づき、雫は俺の両手を取った。

見上げる瞳は心なしか潤《うる》んでいる。ショーウインドーから入ってくる夜の街の灯りを反射しているだけなのだろうけれど、とても綺麗だ。

そして雫は、今まで見たことない表情をしている。嬉しいような照れくさいようなその全部のような。

「高晴さん、嫌だって言ってくれてありがとう」

「雫さん……嫉妬深くてごめん」

「ううん、そんな風に言われて私はめちゃくちゃ嬉しい。困っているところ助けてくれて、引き止めてくれて、それでも信頼してるって言ってくれて、すごく嬉しいよ」

俺は雫の小さな手を握り返す。

このまま引き寄せてキスをしてしまいたい。

でも、雫の仕事場で……躊躇していると、俺たちの真後ろから声が聞こえてきた。

「えーと、お取り込み中、失礼します」

俺と雫は弾《はじ》かれたように手を離し、声のほうを向いた。

店の入口には、ゴージャスな縦巻きカールをサイドにひとつ結びにした女性がいる。

ベージュのパンツスーツで、いかにもデキる女といった風だ。

「徳島先輩！」

雫が彼女を呼んだ。

この人は雫の会社の先輩なのか。

「市川……じゃなかった、榊、今さっき鳥居さんを駅前で見かけたけど、まさかここまで来てたの？」

「来ました。でも、帰りました」

身も蓋もない説明をニコニコとする雫。

徳島先輩とやらが、はーっと深いため息をつく。

「まさか榊の店舗まで来るとはね！　よほど本気でモノにしたかったんだわ！　あのね、鳥居さんとの食事の件は本当に気にしなくていいからね。あとはこっちでうまくカタをつけておくから」

どうやら、この先輩が営業担当のようだ。人妻に手を出そうとしている、さっきの鳥居とかいうデザイナーとの間に入っているらしい。

「徳島先輩、わざわざ言いに来てくれたんですか？」

「断ったってメールでは聞いたけど、あなた結構そういうの気にしそうだったから。お店が終わるのを見計らって来たんだけど、鳥居さんが来てたならもっと早く来るべきだったわね。ごめんなさい」

徳島という女性は言葉を切って、それから苦笑いする。

「……というか、なんだかいいところをお邪魔してしまったみたいで」

彼女が、そろりそろりと視線を俺に移動させる。そして、深々と頭を下げた。

「ご主人、この度はご心配をおかけしまして申し訳ありません」

「いえいえ、そんな」

「奥様は会社で守りますので、どうか雫さんのお力を今後もお借りしたく、お願いします」

「仕事はもちろん続けてくれていいですし、本当に気にしていません！　大丈夫です！」

俺の言い訳は、これまでの雫とのやり取りを耳にしていたら、強がりにしか響かないんだろうな。

首や耳まで熱くなってきた。

聞かれていたとはつゆ知らず、俺、熱弁振るっちゃったよ。恥ずかしすぎるだろ……。

「徳島先輩、いろいろとありがとうございます」

雫が俺の横で、ぺこっと頭を下げ返した。

「ごめんね、巻き込んじゃって。あのデザイナー、中性的に見えたけれど、女遊びが激しいんだって。調べたわよ、もう。そんな男と可愛い後輩を食事になんて、送り出せません。あなたに不利益は起こらないから、大丈夫よ」

「先輩、頼もしいなぁ」

雫がへらへら笑う。

すると、徳島さんが雫の耳にぼそぼそと耳打ち。

なんだろう、女性の内緒話って遠慮なくいつでも発動するよな。居心地が悪いぞ。

雫と徳島さんが顔を見合わせ、ニコッと笑うので、余計いたたまれない。変な話をされていないといいのだけれど。

それから、俺と雫は彼女に挨拶をして、帰路についた。最寄りの駅の改札を出て、言葉少なにマンションまで歩く。

ふと、雫の手が俺の手に触れた。その瞬間を逃さず、俺は華奢《きゃしゃ》な手を捕まえ、ぎゅっと握った。

雫は抗《あらが》わない。

手を繋いで歩いたのは初めてで、緊張より温かな気持ちでいっぱいになった。

「あのね、徳島先輩が、高晴さんのことカッコいいって」

小学生のような報告に、照れるより愛しさが募る。

「そんな内緒話してたの？」

「うん。あとね、高晴さんの言葉、素敵だったって。いい旦那様だねって」

「そうか」

彼女の先輩によい印象を持ってもらえるなら嬉しいけれど、そんなことより早く雫とふたりきりになりたい。

マンションのエントランスを進みながら、雫の手を強く握りしめる。エレベーターを降り、手を引いて歩きだす。

雫は俺の強引な雰囲気に、気づいていると思う。

抑えろ、無理やりなことはしちゃダメだ。

そう戒《いまし》めながらも、手はもどかしく鍵を開ける。玄関ドアを閉め、鍵をかけるなり、俺はその場で雫を抱きしめた。

雫の髪からシャンプーの香りがする。

雫の肌の香りと混じっていて、余計に俺の心臓がドクドクと激しく鳴る。

「高晴さん……くるし……」

顔を上げて小さく意見する唇に、自分の唇を寄せた。

柔らかな唇の感触に、頭の中が沸騰しそうだ。

きつく抱きしめ、舌でぺろりと柔らかな粘膜を舐《な》めると、うっすらと唇が開いた。

舌を差し入れ、角度を変え、唇を深く重ね合わせる。

雫は初めてのディープキスに、身体をこわばらせている。

時折、鼻から抜けるようなかすかな声が漏れるものだから、俺はギリギリの理性にしがみつかなければならない。俺の求めにそっと応える雫の慎ましい情愛に、気が狂いそうになる。

雫、好きだ。大好きだ。

キスはどれほど続いただろう。

ようやく唇を離すと、潤んだ瞳と真っ赤な頬の雫がいた。

荒い息も濡れた唇も、ものすごく煽情《せんじょう》的だ。

このまま……ダメだ。勢いで雫の初めてを奪うわけにはいかない。

雫と初めてそういうことになるなら、お互いの同意をきちんと得た上でだ。彼女を後悔させたくないから、完全に彼女の気持ちが俺に向いてからでないと。

でも！　本音で言えば、このまま押し倒してしまいたい‼

「高晴さん、もう一度、しましょ」

淡く微笑む雫の言葉に、俺は目を剥いた。そんな誘いをもらえるとは思わなかった。

落ち着け、落ち着くんだ。押し倒すな！　俺！　ここで押し倒したら、玄関の三和土《たたき》でもフローリングでも硬くて痛いぞ。

半パニックで慌てて唇を近づけると、今度は雫と鼻同士がガツンとぶつかった。

「いたあい」

「うあ！　ごめん！」

俺たちは派手にのけぞったあと、鼻を押さえ、顔を見合わせる。

お互い真っ赤な顔をしていた。恥ずかしさと嬉しさをないまぜにして笑ってしまう。

なんて格好がつかないんだろう。俺と雫にスマートな恋愛ができる日なんか、来るのだろうか。

まあ、いいか。来なくても。こんなに幸せなんだから。

それから俺たちは、もう一度ゆっくりと唇を合わせた。


その週の水曜日は、雫の実家で食事だった。

雫は休みで、俺は仕事後に直接駆けつける格好だ。

ちょうど雫の弟の祐樹くんが福岡から戻ってきているタイミングで、一緒に夕食でもという話になったのだ。

祐樹くんは福岡支社に転勤して、もう二年だという。

商社の総合職は大変だ。

開発部門にいる俺は、分類は研究職となるが、給与、手当ては総合職と同等で原則転勤はない。臨床試験や学会などもあり、とかく出張は多いけれど。

「高晴さん、たくさん召し上がってね」

雫の家族と食事をするのは、結婚式以来だ。

俺たちは見合いのその日に結婚を決めてしまったので、ふたりでデートすらしていない。

互いの家に遊びに行って食事、なんて機会はなかったのだ。

「高晴くん、新年度はやっぱり忙しいのかい？」

義父が気を使って話しかけてくる。

「ええ、社内的には関係あるわけじゃないんですが、関係先の病院は四月から新体制というところも多いです」

「なーんか、新年度って慌ただしいんスよね。俺だって四月真ん中に東京出張とか、ホント勘弁してって感じですよ～」

祐樹くんも会話に交じってくる。

俺に気を使っていることもあるだろうけれど、この家は会話が多い。雫もよく喋るし、そういう家庭は明るく見える。

俺の育った家は会話がないわけじゃないが、祖父母、両親と大人ばかりの中で、子どもは俺ひとり。ことさら明るく喋り立てるという環境にならなかった。

それが俺の無口な理由かといえば、半分以上は俺の元々の性質だとは思う。

しかし、雫と暮らすようになってから、前より喋っている自信はある。雫に付き合って、会話しているうちに自然とだ。

子どもが生まれたら、雫とたくさん話しかけて会話に交ぜてやろう。お喋りで陽気な子に育つといい。

食事は気張ったところのない家庭料理で、寿司《すし》を取ったりステーキを焼かれたりというような気の使われ方はされず、かえってほっとした。義母も飾り気のない人だから、雫は母親似なのだろうなと思う。

食事が済み、俺が買ってきた和菓子をみんなで食べていると、義母が言いだした。

「そうそう、雫の昔の写真がごそっと出てきてね。赤ちゃんの頃から高校生くらいまでの。整理したから見ていきなさいよ」

「ええ、やだぁ」

雫が顔をしかめる横で、俺は息を呑んだ。

子どもの頃や学生時代の、雫の写真？

それは見たい。ぜひ見たい。できれば、可愛いショットを一枚もらって帰りたい。

「なんか物置整理してたら、たくさん出てきたのよ。アルバムにしてあるのって、一部だったのねぇ」

「第一子に対してもこの態度。お母さん、適当すぎない？　祐樹、たぶんあんたはもっと写真ないわよ」

「俺もそんなことだろうと覚悟してる」

姉弟《してい》が実母への文句を言う横で、義母は俺に向かって言う。

「高晴さんも見たいわよねぇ」

お義母《かあ》さん、ナイスパスです。

俺は薄く微笑んで自然に言った。

「ええ、見てみたいです」

いいぞ。コントロールされた回答。いいエネルギー出力だったぞ。

見せてください、ぜひ、今すぐに、そしてどうか幼児期と小学校時代、中高時代をそれぞれ一枚ずつください……などと鼻息荒く言ってはいけない。内心興奮しているなんて、雫にもご家族にも悟られてはならない。

「ほらほら、雫。あんたの部屋に用意してあるから、いってらっしゃい」

「うぇええ？」

「祐樹、あんたが雫の部屋まで案内してあげて」

部屋で写真など明らかに広げたくなさそうな雫の代わりに、祐樹くんが案内役に任命されてしまった。

すまない、祐樹くん。でも、俺は雫の成長の記録が見たい。高校生くらいの雫を眺めたい。変態みたいですまない。だが偽らざる本心だ。

食後、祐樹くんを先頭に雫の部屋へ向かった。

雫は一番後ろを渋々ついてくる。積極的に見せたくはないけれど、自分のいないところで写真を眺められるのは嫌だし、弟に好き勝手言われたくもない、といったところか。

雫の部屋は片付いているけれど、明らかに雫の生活感がまだ残っていた。

この部屋で愛しい妻が大きくなったのかと思うと、感慨深い。そっと深呼吸をしておこう。

丸テーブルには、義母が用意した写真の数々。カーペットにはアルバムが何冊も積み上げられている。

座って一枚一枚眺めていく。

まずは小学校の運動会とおぼしき写真だ。どうやら、写真はアルバムに貼り切れなかったスナップで、大量に写真を撮る大きなイベントのものが多いようだ。あとは赤ん坊の頃のものが圧倒的に多い。

「高晴さん、変だからあんまり見ないで」

「すごく可愛いよ。ほら、赤ちゃんのときの顔、今も面影あるよ」

「やめてぇ、羞恥《しゅうち》プレイだわ、これ」

何枚も見ないうちに、雫は席を立ってしまった。お茶を淹れてくるなんて言い訳して部屋を出ていくのだ。

あとに残されたのは、写真に興味津々《きょうみしんしん》の俺と付き合ってくれている祐樹くん。

「高晴さん、姉がいつもご迷惑をかけてます」

俺が夢中で写真を眺めていると、不意に祐樹くんが言った。

祐樹くんのほうを見れば、彼の視線は写真に落ちたままだ。面と向かってというより、何気なく話したいのかもしれない。義理の兄弟として。

「姉ちゃん、楽しいことにしか興味ないし、オタクだし、男の人にも慣れてないから、いろいろと粗相をしているんじゃないかと心配してます」

「そんなことないですよ」

雫のことを知れば知るほど好きになる。毎日ともに過ごす時間が愛しくて、早くすべてを手に入れてしまいたい気持ちと、相思相愛までゆっくり恋を育んでいきたい気持ちで、毎日悩ましいほどに幸せだ。

「こんなことを言っては高晴さんに失礼かもしれませんが、この結婚そのものを心配していました。姉は軽い気持ちで、将来の保険的に結婚したんじゃないかと。そして、それは高晴さんにとても失礼なことじゃないかと」

祐樹くんの顔は険しく、かなり真剣に話している様子だ。もしかすると彼は、こうしてふたりで話す機会を窺っていたのかもしれない。

「……俺も同じようなものでしたから。両親を安心させてやりたくて、嫁さんを探していたんです」

お見合い用のスマホ画像でひと目惚れしたとは、さすがに言えなかった。義弟に危険人物認定されるわけにはいかない。

すると、突然祐樹くんがこちらに上半身をねじった。俺をまっすぐに見て言うのだ。

「高晴さん、いえお義兄さん、どうか姉を捨てないでやってください。いろんな面で不足があることは、結婚してわかったと思います。物珍しさも、そろそろ飽きてくる頃だと思います。でも、そこをなんとか、姉をこの先もよろしくお願いします。高晴さんに捨てられたら、姉はいよいよ引きこもって、アニメ三昧の廃人になってしまいます」

これは、雫本人が聞いたら烈火のごとく怒りだすだろうな。雫には黙っておこう。

祐樹くんの言葉は本心だろう。

でも、そんなに過大評価されるほどの男じゃないんだ、俺は。

「雫さんとは、仲良く夫婦を続けていきたいと思っています」

俺は義弟の顔を覗き込み、なるべく真摯《しんし》に響くよう言った。

「たぶん、祐樹くんが心配するより、俺は雫さんに夢中ですよ。……あとは、彼女に好きになってもらえるよう頑張るだけです」

「え⁉　嘘！　そんな感じなんですか？」

「まだ俺のほうが片想いだと思うので、内緒にしていてくださいね」

しい、と指を唇の前に立てると、祐樹くんが『意外だ』と言わんばかりにため息をついた。

「相手、あの姉ちゃんですよ？　高晴さんならもっと綺麗な人、いくらでも選べるでしょ？」

俺は謙遜《けんそん》ではなく、本気で首を左右に振った。

俺がこの年までモテず、女性と知り合う機会もなく暮らしてきたのは、雫と出会って結婚するためだったのだ。今の俺は割と本気でそう思っている。

「ところで祐樹くん、この一枚もらっていいですか？」

どさくさに紛れて取り出した一枚は、高校のブレザー姿の雫の写真だった。教室で、友達と楽しそうに笑っている。

笑顔が最高にあどけなくて可愛いので、手帳に挟んでおくつもりだ。

祐樹くんは拍子抜けしたような、呆れたような顔で、コクコクと頷いた。

「そんなんでよければどうぞどうぞ。……高晴さん、変わってるなぁ。物好きですよ、相当」

祐樹くんの気が変わらないうちに、懐に写真をしまう。

次の瞬間、無造作にドアが開いた。

「まだ、見てるの～？　高晴さん、ふたりとも明日仕事だし、もう帰りましょ」

お茶を淹れに行ったはずの雫が、手ぶらでそこに立っていた。どうやら、一階の居間で時間を潰していただけのようだ。

「そうだね、雫さん」

雫に向かって答える俺を見て、祐樹くんがぼそりと「蓼《たで》食う虫も……」と呟いた。

今夜も帰ったら、それぞれ風呂に入り、『おやすみ』と笑顔で眠るのだろう。うまくタイミングが合えば、キスはできるかもしれない。

奥さんを押し倒してそれ以上……はまだ少々先になりそうだけれど、俺は満足している。雫とゆっくり夫婦になっていきたいのだ。

第七章　旦那様が……

「美味し〜！」

私が歓声をあげると、正面の席で千夏ちゃんも頬を押さえて叫ぶ。

「ヤバい、これ〜！」

私たちの目の前には、チーズフォンデュが陶器のポットの中でとろとろのぐつぐつに煮えている。

本日は、ランチからチーズフォンデュの食べ放題プランに来ているのだ。

「ズッキーニとブロッコリーがハマる〜！」

「え〜、パンでしょ！　パン！」

「千夏ちゃん、太るよ！　さっきからパン、鬼食いしてんじゃん！」

ちょっと大きめな声で、キャッキャはしゃいでも大丈夫です。

周囲は十代から五十代くらいの客層で、全員女性グループ。どのテーブルも、私たちの声なんかかき消されそうなほど賑やかだ。

千夏ちゃんは本名・千賀子《ちかこ》さん。かれこれ五年の付き合いのオタ友ちゃんだ。前のジャンルで仲良くなって、それぞれ違ったものにハマッても推しカップリングが合わなくても、仲良くできる貴重なお友達。

同じ腐女子でも、ジャンルの切れ目は縁の切れ目になりやすい。特に『カップリングは絶対このふたりで受け・攻めも固定！　それ以外は許さない！』とか、『あれもそれも地雷、嫌いなものは滅せよ〜』みたいな激しめ腐女子は、ちょっと趣味がずれた瞬間、いとも容易く敵に変わってしまう。

そこへいくと私たちは安全だ。どちらも地雷は少なく、雑食と言えるくらいどんなシチュエーションもカップリングも楽しめる。苦手があっても、『あ〜それ苦手』『意外〜、私は好きなんだけどな〜』みたいな会話でお互い流せるからいいのだ。

敵になり得ない。それぞれの『好き』を尊重し合えるのはいい関係だよね。

「やっと、ぴっちゃんと予定が合ったんだもん！　今日は喋るし、食べるよ！」

千夏ちゃんが張り切って、いくつ目かのパンを手に取る。

ちなみに〝ぴっちゃん〟っていうのは、私のあだ名。もとい、ＳＮＳのアカウント名・ぴちょんからきてる。

長らくこの名前でお互い呼び合っていると、リアルで会っても変えづらい。いや、とんでもない名前ってわけでもないからいいんだけど。

私たちは百二十分という時間制限いっぱいに、チーズフォンデュを楽しんだ。

……とはいえ、アラサー女子ふたりなもので、後半はまったりドリンクを飲みながら、別注文のチーズとはちみつのかかったアイスクリームなんかを、食べたりしてたんだけど。

「ぴっちゃんももう人妻かぁ。旦那さん、オタクに理解ある人でよかったじゃない」

「いや～、バレたのはびっくりしたけど、言ってみるもんだねぇ」

私は頭を掻《か》き掻き、答える。

「千夏ちゃんちは？　最初から知ってたんだっけ？」

「私たち、最初の出会いが某有名ロボットアニメの合コンだもん」

ははぁ、オタクにはそんな出会いもあるんだった。私は結婚自体に興味がなかったからスルーしてきたけど、一度くらい経験してみればよかったなぁ。

「一番感じがよくて話も合うから、『この人だー』って即お付き合いしたけど、腐女子を告白するのは勇気いったよ。彼は純粋に作品が好きな人だったし、私が『A くん×B くん至上～。結婚しろ～』なんて唱えてたら嫌がられるかもでしょ？」

確かに同じオタクでも、ボーイズラブを愛する腐女子は嫌いって男性も多い。さらに、好きな作品とキャラクターでボーイズラブを妄想しているなんて、許せない人もいるだろう。

だから、腐女子というのは、個人的にはある程度隠しておきたいところ。

「その辺、どうやってバラしたの？」

「小出しにしてった。デートで同人誌専門店行ったりするじゃん？　そんなとき、二次創作じゃなくて商業のボーイズラブ本を見せてさ。こういうの読んじゃうんだ～。腐女子でごめんね～って」

「デートで同人誌見に行くのがカルチャーショックだけど、なるほどね！　好きな作品以外でのボーイズラブ愛好家告白ね。参考になる」

「まあ、結局、部屋に遊びに来たときに、AくんとBくんカップルの同人誌見つかっちゃったんだけどね。十八禁の。あはは！」

「作戦、台無しじゃない！」

現在、激烈に推してるカップリングはいないけど、今後できたらこの路線はいいかもしれない。ボーイズラブを読むよ、は伝えてあるし、ちょこちょこアピールしていけば、自然に推しカップルの話ができる家庭になるのでは？　高晴さん、想像以上に間口が広いし。

「ぴっちゃんの旦那さんって、キャラにすると誰に似てる～？」

絶妙にわかりづらい質問をしてくる、オタクらしいオタク・千夏ちゃん。ちなみに結婚したてで聞いたけど、千夏ちゃんの旦那さんは森の中に昔から住んでて猫のバスとかに乗っちゃう、あの妖精に似てるらしい。

「えーと、イケメンなんだよ。びっくりするくらい。メガネで背が高くて黒髪さらさらで。草食系って雰囲気で細いけど、脱ぐと割と筋肉あって」

「なにそれ！　ド受け属性！」

千夏ちゃんが大きな声で、腐女子ワードを叫ぶ。周り誰も聞いていないけれど。

受け……そうですね。私もかねてよりそう思っています。私の旦那さん、ボーイズラブなら絶対受け。綺麗めクール受け。

「そうなんだよ～。今なら、旦那さん受けで同人誌が百冊出せる」

「ぴっちゃん、旦那さんのことめちゃめちゃに好きじゃんね」

私の潔い答えに、千夏ちゃんがにかっと明るく笑った。

好き。そっか。好きなんだよね、高晴さんのこと。私って旦那さん推しなのか。三次元での唯一の推しだよなぁ。

「うん、旦那さん、超好きかも」

「お熱うございますなぁ」

なんて言いながら、千夏ちゃんは食べ放題のメニューを再びめくっている。

え？　結構食べたけど、まだ食べるの？

「追加注文、まだオーダーストップじゃないよね。お腹空いちゃってさぁ。……ふたり分だし、いいよね。ダメだって旦那は言うんだけど」

「え⁉」

再会から一時間、ここで驚きの告白？　千夏ちゃんは、ぺったんこのお腹をポンポンと叩いて笑った。

「昨日でちょうど四ヶ月なんだ。秋に産まれるよ」

「わぁぁぁ！　おめでとぉぉ！　つわりとか大丈夫なの？」

「食べづわりみたいで、ずーっと食べてるよ。もう気持ち悪くはならないかな。この前会ったときは、まだ確定じゃなかったから言えなかったんだ。ごめんね」

「いいよいいよ、そんなこと〜！」

私は両手を振ったり、頰を押さえたり、ひとりでジタバタ興奮状態だ。

千夏ちゃんは、そんな私をおかしそうに見て笑っている。

「産まれたら、しばらく同人誌即売会とかは行けなくなっちゃうから、オンラインオタク頑張るわ」

「頑張るの基準がおかしいよ！」

結婚三年目、専業主婦をやっていた千夏ちゃんは、はっきりは言わないけれど、ずっと赤ちゃんを授かるのを待っていた。できづらいのかな、なんてこぼしていたのも知っている。

待望の妊娠だ。

ヤバいぞ。私が泣きそうに嬉しい。

「ぴっちゃんは仕事忙しい？　今、授かったら同級生だよ」

千夏ちゃんがのほほんと言うので、私は焦った。

なにしろ、まだ処女なもので。妊娠出産まで考えられないよ。

でも、同級生かぁ。それなら楽しいかも。一緒に育児できるよね。

ちょっとだけ提案に惹かれつつ、私は首を左右に振った。

「もう少し、新婚生活を楽しみたいよ」

「そっかぁ。ふたりっきりの生活も大事だよね。じゃあ、二番目は時期合わせようぜぇ」

「気が早いな〜」

笑って答えながら、ちょっとだけ考える。

子ども……お互いの両親のためにも、いつかは欲しい。でも、今はまだ早い。そうなるなら、高晴さんとちゃんと気持ちを伝え合ってから、身体を結びたい。

私から気持ちを伝えるって、すごくハードルが高い気もするんだけどね。

千夏ちゃんとはチーズフォンデュのあと、カフェでお茶をし、アニメグッズ専門店を流し、デパートでベビー用品を眺めた。

夕食前に別れて、コーヒーを飲んで時間を潰しているうちに、高晴さんから連絡がきた。

今夜は、高晴さんとデートして帰るんだ。

池袋《いけぶくろ》から新宿に移動して、駅前で待ち合わせる。西口改札を出たところで、高晴さんと合流した。

「雫さん、聞いてくれ」

高晴さん、なんだかテンションが高い。普段あまり波がないし表情のない彼だけど、今日はちょっと違う。ちなみに、私以外は気づかないかもしれない程度の薄い変化だ。

「同僚の日向が妊娠したんだ」

日向さんって、よく聞く名前……ああ、高晴さんと飲んでた女性だ。髪が長くて遠目でも綺麗なあの人……。

「おめでた！　あれ？　ご結婚されてたの？」

「いや、いわゆるできちゃったというやつなんだ。まだ安定期じゃないけれど、出血があったとかで、今日から入院してる」

「そうなんだ～。大変だろうけど、ひとまずおめでとうございますだね！　あ、私も今日会ったお友達から、妊娠報告されたんだ」

私の報告に、高晴さんが目を細める。

「それはいいことだね。お互いにいい報告が聞けて、嬉しいね。こういうときってプレゼントは産まれてからがいいと思うんだけど、どうだろう。俺、出産祝いって贈ったことがないんだ」

「産まれたあとがいいと思う。少なくとも性別がわかってからじゃない？　あ、ごはん食べたあとに下見に行く？」

「そうしようか」

赤ちゃんが産まれるってニュースは、本当に幸せだ。

私自身にはまだ遠くリアリティのない話だけれど、私の同級生だってもう何人かは母親になっている。

私だって、いつかは……そう思いながら踏み出せていない。

あまり焦る性格じゃないから、私個人は気にしていないけれど、高晴さんはその辺のことをどう思ってるのかな。ちゃんと話したことがないけど、相談すれば、身体の関係について考えてくれるかな。

あんまり物欲しそうなことは言えないから難しい。

食後、ふたりで帰宅する。先にお風呂に入って髪を乾かすと、ソファに横になった。遠くでシャワーの音がする。高晴さんのお風呂の音。

高晴さんが好き。

その気持ちはどんどん大きくなっていくけれど、彼は私のこと、どう思ってるんだろう。

キスはしてくれる。お互いを大事にしたいって気持ちも合致してる。

だけど、身体を繋いだことはない。

高晴さんにとって、私はまだ対象外なのかな。処女ってだけで重たいのかな。

でも、結婚しちゃったわけだし、高晴さんにもらってもらうほかないんだけど。

というか、最初の相手もそれから先も高晴さんがいい。高晴さんだけしか知らなくていい。

高晴さん、大好き。

ちゃんと口にしていない愛の告白。

夫婦になってみると言いづらいよね。どんなタイミングで言ったらいいんだろう。

重すぎない女でいたいんだ。

そんなことを考えているうちに、うとうとしてしまったみたい。

気づくと、目の前に高晴さんの顔があった。

え！　え⁉　高晴さんの顔⁉

ソファに転がる私の上には、高晴さんが四つん這《ば》いの状態でいる。

私の顔の横に手がつかれているから、ソファの座面が凹む。

彼が少し身じろぎすると、普段は軋《きし》まない上質な革張りソファがわずかにきしりと音をたてた。

心臓がバカみたいに、大きな音で鳴り響く。

これは……どういう状況？　もしかして、このまま私たち、そういうことになるの？

「あ、起きた」

驚いて目をデッカく見開いたままの私を見下ろし、高晴さんがふわっと柔らかく笑った。

予想外の笑顔に、私は拍子抜けして固まる。

「眠っちゃってるから、驚かそうと思ったんだけど、雫さんが先に起きてしまった」

「あああ、そうなの⁉　いや、充分驚いたよ！　高晴さんの顔が目の前にあるんだもん！」

照れ隠しに大声で言うけれど、頬はたぶん赤かったと思う。

高晴さんはクスクス笑いながら、余裕たっぷりに私の上から退いた。

驚かすなんて、キスでもするつもりだったのかな？

茶目っ気出してくることがあんまりないから、めちゃくちゃ驚いた。

っていうか、キスしてくれるなら、寝たフリしてればよかった！

その後、私たちはいつも通り別々のベッドに入り、何事もなく眠った。

私たちの進展は、まだまだ先みたいです。


翌週から高晴さんは、猛烈に忙しくなった。

連日終電帰宅になり、出張もバンバン入る。ゴールデンウィークは休みの予定だったのに『仕事が終わらない』と出社し、後半は泊まりがけの出張に出かけてしまった。

浮気⁉だなんて疑う余地もない。高晴さんが、明らかに消耗し始めているのが見てわかるからだ。

急激な仕事の増加は、彼の職場の事情にあった。

まず、同僚の日向さんの入院。切迫流産……いわゆる『安静にしないと流産しちゃうよ』の状態で、五月いっぱいは入院になるらしい。

そして、ベテランの先輩たちが立て続けに休職と退職。親御さんの介護や、ご自身の病気が重なったとのこと。

さらには、信頼できるチームの上司が一時的な出向で、新しくできた研究所に行ってしまったそうだ。

絵に描いたような職場環境の激変。

残された彼は、当座抜けたメンバーの仕事を引き継ぎ、奔走しているのだ。

もちろん、彼ばかりが頑張っているわけではない。

でも、職場では若手の部類である高晴さんは、率先して仕事を引き受けているのだろう。

高晴さん、大丈夫かな。

粛々《しゅくしゅく》と自分の仕事をこなしながら、彼の様子を窺う。

出張が続けば、あまり顔を見られなくなる。

遅くなる日は寝ていてほしいと言われるし、高晴さんは夕食をほとんど家で食べていない。

仕方ないと思いつつ、高晴さんとのコミュニケーションが減っていることに寂しさを覚える。

朝食はなるべく一緒にしようとしているけれど、高晴さんは疲れた表情で普段から少ない言葉がもっと少ない。私を心配させたくないのか『大丈夫』を繰り返し、それでもニコッと笑いかけてくれる。

私にできることってなんだろう。

彼を直接助けることはできない。だけど、サポートすることはできるのではないだろうか。それが見つからないことが、歯がゆい。

こんなときは、気持ちがわかる人間に聞いてみよう。

昼食休憩中、弟の祐樹にこれまたメッセージアプリで聞いてみることにした。旦那さんが忙しいとき、妻にできることってなにかしら～。そんな内容だ。

今回も、突然電話がかかってきた。

ええええ、この子大丈夫？　営業なのに暇しすぎてない？　暇な営業マンの意見聞いて、参考になるかしら。

『そういうときは、そっとしておいてあげなさい』

私のありのままの相談に、『おまえはお母さんか』みたいなお言葉が返ってきた。

「愚痴、聞くとか？　そんなのもいらないの？」

『義兄さん、愚痴言うタイプっぽくないし、本当に言いたいときは向こうから言ってくるでしょ。こっちからごちゃごちゃ言わないもんですよ』

ははぁ、なるほど。

話を聞いてあげるってのは、女性向けの考え方なのかもしれない。男性は黙って見守るのね。勉強になります！

『あとは美味い飯を用意してあげなさい』

「美味い飯……」

『くたびれて家に帰ってきて、手作りのメシが湯気たててたら、俺ならすごく癒やされる。姉ちゃんだって、くたくたで帰ってきて母さんのできたてのメシ食ったら、元気出るだろ？』

祐樹はそこまで言って、仕事の電話だなんだと通話を切ってしまった。

はー、その食事を家で食べてくれないんだよな〜。

でも、一理ある気はする。家を安心できる場所にしてあげるため、食べてくれそうなときは、ごはん作りも気合い入れちゃおうかなぁ。

と、思っていたら、その日の午後、スマホにメッセージが届く。

【今夜は早く帰ります】

おお！　早くもチャンス到来！

私も早番で、夕食を作る時間はある。

金曜だし、明日明後日《あさって》は、高晴さんの会社は休み。

休日出勤するといっても、普通の勤務よりはのんびりできるはずだし、豪勢な夕飯を作って、今夜はふたりでゆったり過ごせばいいじゃない〜！

どうしようかな。ほかほかのごはんにポークソテーとかどう？

帰ったらすぐにお肉を塩麹《しおこうじ》に漬けて、高晴さんが帰ってきたら焼くの。じゃがいもと長ネギのお味噌汁作って、つけ合わせに前作って好評だったもやしとほうれん草のナムルをつけよう。最近料理にも慣れてきたし、手際よく美味しく作れると思うんだよね。

ワクワクしてきた。やるぞ、という気持ちで、不安感が軽くなる。

午後の勤務を終えたら、店を他のスタッフに任せて家路についた。

高晴さんに【夕飯はお肉だよ】とメッセージを送っておいた。

きっと楽しみに帰ってきてくれると思う。

ごはんの好みは子どもっぽいところもあるし、じゅわじゅわのポークソテーが出てきたら喜ぶだろうなぁ。

ちょっとお高めのスーパーに寄り、張り込んで国産ブランド豚の厚切りロースを買った。

豚肉は疲労回復にいいっていうもんなぁ。高晴さんに、お腹いっぱい食べてもらうんだ。

帰って、急いで仕込みに入る。『早めに』ってことは間もなく帰宅だと思うんだけど、せめて三十分はお肉を漬け込みたい。

次の瞬間、玄関のチャイムが鳴った。

なんだろう。高晴さんなら鍵を開けると思うんだけど。

インターホンに出ると、カメラには高晴さんが映っている。

『俺です』

声が普段より低い。すごく疲れているのかな。

ドアを開けると、そこにはやっぱり高晴さん。しかし、背の高い彼の身体がぐらりと傾いた。そして、そのまま玄関に膝をついてしまった。

「高晴さん！」

顔を覗き込むと、頬は赤く虚《うつ》ろな目は縁が落ち窪《くぼ》んでいる。

これは尋常なことではないとすぐに気づいた。

「高晴さん、大丈夫⁉　どこが苦しい？」

言葉が出てこず、浅い呼吸をしている彼の額に手を当てた。

ものすごく熱い。高熱だ。

「雫さ……ごめ……ん」

立ち上がれないでいる彼を、どうにか上がりかまちに腰かけさせ、私はスマホで今から見てもらえる病院を探した。

準夜間の救急外来が近くにある。

すぐにタクシーを呼び、ひと言声をかけただけで了承も得ずに彼の財布を漁った。

うん、保険証は入ってる。

そこからが大変だった。意識もうろうの成人男性をエントランスまで下ろし、タクシーに乗せなければならないのだから。

なお、強いヒロインやパワフルなボーイズラブの受けが大好きな私としましては、ここで高晴さんをお姫様抱っこできたら、今世紀最高にカッコいいと思えるんですが……。いかんせんリアルはアラサー非力女子なので、めちゃくちゃしんどかった。

背の高い高晴さんの腕を私の肩に回させ、フラフラな身体を支えながら歩くのだ。

彼がひっくり返ったら私も共倒れだし、ひとりで起こすのは不可能なので、必死に声をかけながら意識を保ってもらう。

タクシーに乗せ、病院に直行。お金を払い、彼を座席に残して院内へ。

車いすを借りてきて、タクシーの運転手さんにも手伝ってもらい、どうにか高晴さんを車いすに乗せた。

運転手さん、このご恩はいつか必ず。とりあえず、タクシー会社とお名前はスマホにメモしとこ。

高晴さんは意識こそあるものの、熱で四肢が言うことを聞かない様子。

看護師さんが『呼ばれるまで』と、すぐに空いたベッドを貸してくれた。

三十分ほど待って、医師がベッドのある部屋に入ってきてくれた。

「風邪ですか?」

「半日以上前から熱があったと言いますが、インフルエンザや溶連菌なんかは出てないですね。風邪です。でも、肺炎を起こしかけてましたよ。かなり身体が弱っていたんでしょうね」

診断結果は風邪。

変な病気じゃなくてよかったけれど、風邪が肺炎寸前まで重症化してしまったなんて。絶対、ここ最近の激務のせいだ。

「今夜は点滴打ってから帰ってくださいね。三本入れるから二時間以上かかるけど。これで多少ラクにはなると思いますが、救急なんでたくさん薬は出せないんですよ。月曜に内科に来院してくださいね」

点滴を終え、帰宅できたのは深夜一時過ぎだった。

高晴さんはそれでも支えれば歩いてくれ、熱も若干下がったような顔はしていた。

私は高晴さんの処置の間に、店舗に連絡した。明日だけでも出勤を変わってもらえないか、契約社員の子に頼んだのだ。

いい大人だし、夫の風邪で仕事を休むことにも悩んだ。群馬の高晴さんのご実家に救援を頼むことも考えた。

でも、こんな状態の高晴さんを放っておきたくない。我儘かもしれないけれど、どうしても一緒にいてあげたい。

理由を知った彼女は私の月曜の休みと交換してくれ、さらには他のアルバイトスタッフたちまで『店長、ご主人のそばにいてあげて』と、日曜も私が休めるように調整してくれた。なんていい子たちだろう。

帰宅し、手伝って服を着替えさせると、高晴さんは意識を失うように眠りに落ちてしまった。

こけた頬と目の下のクマ。熱で腫れぼったい顔。

どれほど彼が疲れ果てていたのかよくわかる。

こんなになるまで頑張っていて、それに気づけなかった自分が情けない。奥さんなのに。

「ちゃんと看病させてね。埋め合わせにはならないだろうけれど」

眠る彼の髪を撫でて、私は呟いた。


土曜日、高晴さんの熱は下がらず、一日中眠っていた。

眠りが浅く、苦しそうにうなされていることもあるので、声をかけて起こし、解熱鎮痛剤を飲ませる。無理に熱を下げるのはよくないとも聞くけれど、眠れないくらい苦しいなら、ちゃんとした休養にならないもの。

食事はまったく摂れず、スポーツドリンクを枕元にストロー付きで置き、目が覚めているときは飲ませた。薬もなるべく時間を見て起こし、飲んでもらった。けれど、高晴さん本人はもうろうとしているので、飲んだことすら覚えていないかもしれない。

明日もこんな病状だろうか。会話もままならず眠っているか、もうろうとしているかの状態。

こんな高晴さんを見るのはつらい。早く熱だけでも下がってくれればいいのに。そしてどちらにしろ、月曜には絶対、病院に行かせなければならない。

高晴さんのことだ。ちょっとでもよくなったら、きっと病院なんか行かずに出勤してしまう。

それじゃ、風邪はよくならない。

私は遅番だから、行きだけでもつき添おう。一緒なら逃げられないものね。

もし、これ以上熱が上がるようなら、ためらわずにもう一度病院の救急外来に連れていくつもりだ。やっぱり悪い病気でしたなんて言われたら後悔しても、し足りない。

私は高晴さんの隣とキッチンを往復し、ずっと張りつめていた。

家族が病気っていうのは、ものすごく怖い。不安で、いても立ってもいられなくなる。どうか、早く熱が下がりますように。ただの風邪で済みますように。

どれくらい時間が経っただろう。

「ん」

短い声が頭上で聞こえ、私は飛び起きた。

高晴さんのベッドの横に椅子を持ち出し、待機していた私は、知らぬ間に眠りに落ちていたようだ。

高晴さんの顔を覗き込むと、まだ精気のない瞳が私を見上げていた。目が覚めたようだ。

時計を見れば、時刻は深夜二時半。

「雫さん……風邪ひく」

高晴さんの声はかすれて弱々しかった。

ちゃんとした言葉を聞くのも、久しぶりだ。

「風邪ひいてる高晴さんに言われたくないよ。私は大丈夫」

「ごめん……昨日の夕飯、食べられなくて」

謝るのがそこなんだと少し面白く思いながら、私は首を振った。

「お肉なんて冷凍できちゃうんだから。元気になったら焼いてあげるね。それより、なにか食べられそう？」

「いや……」

「ほら、水分摂って」

ペットボトルを手渡し、上体を起こすのを手伝う。

ごくりと喉を鳴らして、水を嚥下《えんげ》する高晴さん。まだ熱は高そうだけれど、昼間よりは受け答えがしっかりしている。

少し回復傾向かな。たくさん寝たものね。

「汗かいてない？　身体拭こうか？」

高熱なのだ。汗をかいたパジャマのままでは気持ち悪いだろうし、風邪が悪化してしまう。

濡れタオルを取ってこよう。

ベッドに乗って膝をつき、高晴さんを覗き込む格好だった私は、洗面所に向かうため、床に足を下ろした。

「待って」

高晴さんが、私の右手首を勢いよく掴んだ。

思いのほかしっかりとした力に、目を丸くしてしまう。それから柔らかく笑って、彼の瞳を覗き込んだ。

高晴さんはまだ熱のある顔で、ぼうっと私を見つめている。

「行かないで、雫さん」

「どこにも行かないよ。タオル取ってくるだけ」

なだめるような口調になるのは、弱り切った彼相手に母性に似た感覚を覚えているからだろうか。

高晴さんは体調が悪いせいか、気難しそうに唇を引き結び、こちらを視線で警戒している。

「ちょっとだけ、手ぇ離して。すぐに戻るから」

「ダメ」

次の瞬間、腕を引かれた。

いったい、どこにそんな力が残されていたのだろう。

高晴さんが、私の身体を胸に引き寄せた。

それから、くるりと反転させられ、私はシーツに両手を杭打たれていた。押し倒された格好だ。

「たかはる……さん」

「雫」

高晴さんが私を見下ろしている。身体はつらいはずなのに、まだ熱は高いはずなのに。視線が、野生の獣みたいに鋭い。

「雫、好きだ」

ずっと欲しかった言葉が降ってきて、間を置くことなく、唇が重ねられていた。のしかかってくる身体。彼の重み。

怖くはないけれど、高晴さんが別人みたいに見える。

「雫……好きだ、大好き……愛してるよ」

キスの合間に呟かれる告白に、胸がいっぱいになった。

私も、私も大好き。高晴さんが好き。

「待って、高晴さんッ……待って」

だけど、彼は風邪で重症だ。私にうつるかどうかは別にいいとして、無理はさせられない。

それに、降りそそぐキスの雨に頭がパニック。正直、全然考えていなかった。こんなタイミングだなんて。こんな形で結ばれることになるなんて。

どうしよう、まだ心の準備ができてないよ。

「待って……高晴さん」

不安から、つい彼の胸を押しのけるような仕草をしてしまった。

すると、高晴さんの手が私の右手首をぎゅっと握り直してきた。

「なんで？」

子どものような問いが返ってくる。

その声の哀切に顔を上げ、私は驚いた。

間近で見つめた高晴さんの顔は、ひどく切なく歪《ゆが》んでいたからだ。

「たくさん、待った。もう待ちたくない。雫が欲しい」

「高晴さん……」

「ずっと、見合いで会う前から雫が好きだった。俺のものにしたかった。雫、好きだ。雫の全部が欲しい」

高晴さんは私が好き？　そんなに前から？

知らなかったよ。私、全然そんなこと知らなかった。早く聞きたかったなぁ。私、ずっと片想いだって思ってきたんだもん。

……でも、まあいっか。今、この瞬間だからいいんだよね。ああ、そうなんだ。そのときが来たんだ。

私は彼の汗ばんだ頬に右手で触れた。こんなに欲してくれている人に、野暮なことを言うのはやめよう。

「高晴さん、私でいい？」

「雫がいい。雫じゃなきゃ嫌だ。信じて」

「私も高晴さんがいいよ。全部、もらって」

高晴さんが、ぎゅうっと私を抱きしめる。身体の重みと軋むほどの抱擁に、溢《あふ》れる幸せを感じる。

互いの頬に手を添え、再びキスを交わす。境目がわからなくなるほど深く絡め合って、全部を分け合う。

高晴さんの右手が、私のシャツの襟を乱した。性急にボタンを外すけれど、熱のせいか彼の手は震えてうまくいかない。

そっと手伝って自らシャツの前をはだけると、ブラジャーの上から彼の大きな手が私のささやかな胸を包んだ。

「雫、愛してる」

わずかに唇を離し、高晴さんがささやいた。

私も。

そう答えたかったけれど、またしても唇を奪われ、なにも返せなかった。

その晩、私は高晴さんに抱かれた。

痛みや混乱、そしてそれらを凌駕《りょうが》する幸福を抱え、明け方、私は高晴さんの胸の中で眠りについた。

第八章　俺の奥さんは最高に可愛い

重たい雲を掻き分けるような夢を見た。

指先で退けた雲の隙間から眩しい光が差し込み、その向こうには一面の青空。

美しい青の世界に放り出されて、俺は驚いた。

手足の浮遊感に『落ちる』という認識はあったけれど、恐怖はなかった。風が気持ちいい。どこまでも行けそうな軽やかさだ。

『高晴さん』

遠くで雫が俺を呼ぶ声が聞こえた。

俺は風の吹いてくる方向を見やる。

『雫！』

声は青空に融《と》けて消えた。

雫はどこだろう。雫が俺を呼んでいる。

『雫！』

俺はもう一度呼び、それから声の彼方へ手を伸ばした。

次の瞬間、視界に映ったのは俺の部屋の天井だった。

いつもの朝の光景だ。遮光カーテンの隙間から朝の光が差し込み、今日がいい天気であることを感じさせる。

妙な夢を見た。

身体中汗びっしょりだし、疲労感を覚えた。しかし驚くほどスッキリした感覚も同居している。

俺は確か、風邪で寝込んでいたはずだが……。

身体を起こそうとして、ようやく異常事態に気づいた。左隣が温かい。シングルベッドに転がったまま、ギリギリと顔だけ左に巡らせ、俺は凍りついた。

いや、叫びだしそうなのを慌てて止めた。

雫が俺の隣で眠っていた。愛らしい瞳を閉じ、布団から覗く素肌の肩を上下させている。

……素肌⁉

雫の髪がシーツに散り、うなじから背中のラインにも衣類は見えない。

雫が俺の隣で眠っている。裸で……。

ハッとして我が身を顧みれば、自分もまた羽毛布団の下はなにも身に着けていない状態だった。

さあっと血の気が引く。

俺は金曜に倒れたのだ。

雫が苦心して病院に連れていってくれ、土曜は丸一日看病してくれた。仕事だったはずなのに、出番を替わってもらったのだろう。

迷惑をかけている、申し訳ないと、もうろうとした意識で何度も思った。

それからどうした？

とにかく眠った。身体を回復させようとする本能だろうか。ほとんど意識がなかったような気がする。

ずっとそばにいてくれた雫が愛しくて。感謝と止まらない愛情を感じて、そして……。

彼女を布団に引き込んだ……。

「んぅ」

その喉の奥から聞こえる声に、俺はぎくりと目を見張る。

ひとつ身じろぎをして、ぱっと雫のまぶたが持ち上がった。

俺は固まり、上半身を起こした状態で雫を凝視する。

寝ぼけた顔の雫は、数瞬状況を判断しようと視線を泳がせていた。しかし、突如目を見開いて覚醒し、勢いよく身体を起こす。

裸の胸が露《あら》わになり、俺は声にならない叫びを呑み込んだ。

それどころか、雫は俺に飛びついてきて、額にぺたりと手を当てた。

「熱……下がってる」

「え、ああ、熱……」

「よかったーっ！」

雫は安堵したようにシーツに座り込み、脱力した。それからふにゃっと笑うのだ。

「よかったー！　心配したんだよ、高晴さん！」

「ごめん……」

「いいんだよ！　あ、熱が下がっても今日はゆっくり寝てなきゃダメ！　うろうろ禁止！　欲しいものは、私が買ってくるから言ってね！」

元気にまくし立ててから、雫は自分がなにも身にまとっていないことを思い出したようだ。ハッとした顔が見る間に赤くなる。きょろきょろとあたりを見回し、慌ててベッドの脇に落ちていたカットソーに手を伸ばして頭から被った。

丈が長いからヒップまで隠れて、俺のほうがほっとした。

「ごはん作るね。おかゆ食べられるかな？」

「あ、ああ」

「オッケー！　ちょっと待ってて」

ベッドから勢いよく降りて、次の瞬間、雫が膝から崩れた。

「雫さん！」

焦って俺も起きだそうとすると、雫が手で制する。こちらを見た顔は、いつもの笑顔だ。

「あは、大丈夫。思ったより身体に力入んないや」

床に手をついて立ち上がる雫は、頬を赤らめていた。

俺は先ほどまで雫が寝ていたシーツに、血の染みを見つけた。

それは、俺が彼女の『初めて』を奪った確たる証拠だった。

「……先に、シャワー浴びてきたらどうかな」

精いっぱい冷静に提案すると、雫はニコリと笑い返して答えた。

「そうするね」

雫が出ていったドアを眺め、俺は長い長いため息をついた。覚えていないなどとは言えない。どこまでもはっきり覚えている。

　俺は昨夜、雫を抱いた。あれほど大事に大事に関係を築いてきた妻を、暴走した欲のままに抱いてしまった。

　なんということをしてしまったんだろう。

　頭の中は、ぐるんぐるんと回っていた。それは、半分はまだ俺の身体に残る風邪のせいで、もう半分はどうにもならないショックだった。

　考えることもままならず、雫のあとに続いてシャワーを浴びた。

　バスルームから頭を拭きながら出てくると、ダイニングテーブルには湯気をたてるおかゆがあった。横の小皿に、梅干しとおかかと漬物が添えてある。

「それ食べてね。お昼も同じものだけど、ラップかけて冷蔵庫に入れておくから、レンジで温めて食べて」

「どこかに行くの？」

　見れば、雫はすでに普段の通勤着に着替えている。化粧と髪の毛は、これからみたいだけれど。

「うん、お店に出てくる。お休み扱いにしちゃったけど、やっぱりスタッフの子に悪いし。あ、でも夕方には帰れるようにするからね」

　雫はそう言ってから、俺を見る。そして照れたように頬を緩めた。

「ちゃんと寝てなきゃダメだよ」

「……そうする」

昨日の今日だ。雫こそ身体がつらいだろう。違和感や疲労もあるだろう。

痛みはないだろうか。俺の風邪をうつしてしまっていたらどうしよう。

それでも、職場に顔を出そうという雫の責任感を尊敬しつつ、別な勘ぐりもしてしまう。

彼女は俺と顔を合わせているのが気恥ずかしいのだろう。表には出さないが、強引なことをした俺を怖くは思っていないだろうか。

幸せそうな笑顔に、余計に罪悪感は募る。

こんなはずじゃなかった。俺はもっと完璧な状態で、この笑顔を見たかったというのに。

雫が出かけていき、俺はいよいよ頭を抱えた。ベッドに突っ伏すと、昨夜の光景が蘇《よみがえ》ってくる。

理性や自制心は機能しなくなっていた。あのときはとにかく雫に触れたくて、そのぬくもりが欲しくてたまらなかった。

夢中でキスして抱きしめて、何度も彼女の名を呼び、愛してると告げた。熱に浮かされた俺はきっと余計なこともたくさん言ったんじゃないかと思う。しかし、そのあたりは見事にすっぽ抜けていて覚えていないのだ。

ただ、雫の肌の感触、髪の匂い、そんなものは苦しいほど覚えている。今もシーツに雫の香りが残っていて、シーツを洗いに出すことも躊躇するほど、俺を捕らえて離さない。

触られたことのないところを刺激され、身体をよじらせる雫がたまらなく可愛かった。痛みと快感の狭間の、切ない喘《あえ》ぎ声に止まらなくなった。

俺は最低だ。あれほど大事にしてきた妻の貞操を、タガが外れた欲望で汚してしまった。

雫本人だって、こんな風に奪われるはずではなかったと思っているだろう。そして、優しい彼女は俺の暴走をも許してくれるはずだ。それがわかる。

しかし、それではダメなのだ。風邪でわけがわからなくなっているときに、抱いてしまうなんて。この先長く夫婦をやっていくというのに、最初の最初で彼女の期待と信頼を裏切ってしまった。

そして、自制の利かなかった自分に嫌気が差す。

勢いや欲求だけじゃなく、互いの気持ちを伝え合い、尊重し合い、行為に及ぶはずだった。雫の幸せはその先にあったのに。

布団にもぐり、シーツに額をこすりつけて呻いた。

俺はバカだ。本当にバカだ。

身体自体はまだ完全回復とはいかなかったようで、俺は自己嫌悪に呻きながら、いつしか眠りについてしまった。


次に気づいたのは夕暮れ時。

部屋は薄暗く、俺は昼飯もなにもかもすっ飛ばして眠っていたようだ。

頭が重い。熱は下がったけれど、身体がだるい。ベッドのシーツを替えながら、絶望感がひたひたと心を満たしていく。

もうすぐ雫が帰ってくる。

俺はどんな顔をしたらいいんだろう。まずは謝るべきなのだろう。気にしていないとか、夫婦なんだし、と笑うであろう雫に俺はどんな償いをすべきか。

だって、雫は……まだ一度だって俺を好きだなんて言っていない。

俺たちは、いまだ運命共同体の仲間だったのだ。ゆっくり距離を縮めていくはずだったのだ。

微妙なバランスの関係を、いっぺんに崩したのは俺だ。

いても立ってもいられなくなり、俺はクローゼットを開けた。ジーンズと半袖のシャツを身に着け、寝室を出る。そのまま鍵だけ持って、マンションを飛び出した。

行くアテがあるわけではなかった。罪悪感を抱えたまま、ただただ歩き回った。丸二日眠っていたせいか身体はフラフラし、歩き続けるのもままならず、途中何度も立ち止まった。

なにをやっているのだろう。雫と顔を合わせづらいばっかりに、うろうろと歩き回って。

それでも、外の風を浴びていると、少しだけ頭がスッキリしてくる。

日は沈み、薄暗くなった川沿いの遊歩道は、ところどころ街灯が点き始めた。

欄干に肘をつき、川面を見つめる。

深い青の水は、波を作り流れていく。

雫が好きだ。

だからこそ大事にすべきだったのに。台無しにしてしまった。

そして、必死にこの失態の挽回《ばんかい》方法を考えている俺がいる。

なんとしても、雫に愛されたい。男女として真の意味で。雫の中で、俺の夫としての価値をこんなものだと諦められたくない。

「高晴さん‼」

背後から怒鳴り声が聞こえた。

振り向くと、十メートルくらい先に雫が仁王立ちしていた。

散歩中の人々が、何事かと雫を見やる。

雫はそんな視線をものともせずに、ずんずんと大股で俺に近づいてきた。

「探した‼」

雷のような怒声に、彼女からこんな声が出るなんて思いも寄らず驚く。

「なんで出歩いてるの⁉　お財布もスマホも家に置きっぱなしだし、お昼も食べてないし！　いったい、いつから外をうろついてるの⁉　あなたは病み上がりなんだよ！　自覚あるの⁉」

そのまま猛烈な勢いで怒鳴られた。

雫は心配して探しに来てくれたのだ。

その優しさが嬉しく、同時に申し訳なくなり、気まずさに顔を背《そむ》けてしまう。

「ごめん……心配をかけて」

「どうして、こんなところにひとりでいたのよ？」

川を見ていた。そして途方に暮れていた。そんなことは言えない。

無言で視線を合わせせない俺の様子に、雫が黙った。瞳だけが俺を射抜いている。

ずいぶん間があり、それから雫はふっとうつむいた。

「そっか。わかった。家に戻ろう」

ふたりとも、無言のまま家に戻った。

雫が怒っている気配は察せられ、俺は所在ない気持ちで、言葉が見つからない。

居間に入ると、くるりと雫がこちらに向き直った。

俺を探し回ったせいだろう、雫の髪は乱れ、通勤服のブラウスも汗ばんで肌に貼りついている。

しばしの沈黙が流れる。

逃げ出したいような気持ちを呑み込み、俺は話すことも決まっていないのに唇を開きかけた。

おもむろに、雫がブラウスのリボンタイをほどいた。

凍りつく俺を見もせずに、ひょいひょいとボタンも外していく。

「し、雫さん⁉」

雫は無言で、ブラウスを肩から落とした。

ベージュのタンクトップとその下に覗く紺のレースのブラジャー。

それから、雫はスカートのサイドホックを外そうとする。

俺は慌てて叫んだ。

「雫さん、なにをやっているんだ！」

「ゆうべは『雫』って呼んでくれたのに、『雫さん』に戻ってる」

雫は手を止め、うつむいている。

「私とセックスしたこと、後悔してる？」

俺は言葉を失い、唇を噛みしめた。

後悔じゃない。その意味では後悔していない。

だけど、方法とタイミングを完全に間違えた。

返答を迷っていると、雫が勢いよく顔を上げた。

彼女の表情を見て、愕然とした。

雫は泣いていた。柔らかな頬には幾筋も透明な涙が伝っていた。

「抱くべきじゃなかった、って思ってる？　居心地のいい、ルームシェアみたいな関係がよかったと思ってる？　面倒なことになったって思ってる？」

「思ってない、そんなこと」

「じゃあ、なんでそんな悲しい顔してるの？　今朝からずっと……！」

俺はハッとして、彼女の潤んだ瞳を見つめた。

もしかして、俺の態度こそが彼女を傷つけていたというのか？

雫がかぶりを振って叫んだ。

「私は……高晴さんが好きだから！　こういうことになって嬉しい。嬉しかったの！　だけど、高晴さんは違ったんだね。勢いでしてしまって、後悔してるんだね」

「違う！　そんなことない！」

反論しながら、頭の中でひとつの言葉が引っかかる。

俺のことを……？

「雫さん、俺のこと……今、好きって……？」

「好き！　大好きだよ！　最初はカッコいいし、結婚相手にぴったりくらいにしか思ってなかった。だけど、一緒に過ごすうちにどんどん高晴さんのことが大事になって、もっと仲良くしたいって思って、好きになってほしいって……」

ぽろぽろと涙をこぼす雫を、俺は腕の中に引き寄せていた。

心臓がどかどかと鳴り響きだし、声が震える。

「嘘みたいだ」

「嘘なんかついてない！」

「そうじゃない。俺も雫さんが……雫が好きだ」

　雫が身じろぎするので、逃がすまいときつく抱きしめる。情けなくも、俺の手はぶるぶる震えていた。

「見合い写真を見て、ひと目惚れしたんだ。小さい頃の記憶も全部ある。幼く妹みたいだったきみが、美しく成長した姿に夢中になった。どうしても結婚したくて、いい条件をたくさん提示して気を引いたんだ。きみに好いてもらいたくて、必死だった。一緒に暮らすうち、もっともっときみのことが好きになっていったんだ」

「高晴さん……そんな……嘘でしょう？」

　あべこべに雫が聞き返してくる。

　その声は涙でかすれ、小さかった。

「俺だって嘘じゃない！　きみの趣味を一緒に楽しむ権利をもらえて、嬉しかった。恋愛経験がないと知って、きみのすべてを独占できることを神に感謝した。大事にしたかったんだ。俺の人生をかけた恋だったから。それなのに……」

　あんな形で抱いてしまった。信頼関係を損なうようなやり方で。

「雫、後悔しているとしたら、きみを強引に抱いてしまったことだ。きみと想いを伝え合って、しかるべきときにそういう関係になりたかった。すまないことをした」

するると、俺の腕の中でもぞもぞ動いていた雫がようやく顔を上げた。その表情は怒っている。

「強引じゃなかった……と思う。ちゃんと合意あったもん」

「いや、それは……きみに言わせたというか……そういう流れに力づくで持っていってしまったというか」

反論しながら、頬が熱くなってくる。俺はなんの言い訳をしているんだ。

雫が俺の両腕をがしっと掴み、睨むように挑むように見据《みす》えてくる。

「正直、初めてだったし、恥ずかしくて痛くて、気持ちいいとかわかんなかったけど……私、幸せだったから！　好きな人と抱き合えて幸せだったの！　それじゃダメ？　それじゃ不合格⁉」

めちゃくちゃに叫んで、雫がぎゅうっと俺に抱きついてきた。

雫の身体。雫の温度。雫の気持ちまでまるごと全部が、俺の腕の中にある。

嬉しさと緊張と興奮で、頭の中がミキサーにかけられたジュースみたいになってしまった。

「私が早く、高晴さんに好きって告白すればよかったのね。私、ずっとずっと、高晴さんに誘われるの待ってた。受け身すぎた。ごめんなさい！」

「俺だって……言えてなかった。きみを愛してるって」

なんだか感極まってしまい、涙をこらえるのに必死だ。

雫が俺のことを好きだと告げてくれている。

夢なら覚めないでくれ。いや、絶対に夢なんか嫌だ。

「ずっときみが……好きだった。雫」

「私も好き。高晴さんが好き」

泣き笑いの顔をちょっと歪めて、雫がつけ足す。

「ちなみに、高晴さんからの告白は、ゆうべたくさん聞いたよ」

それから背伸びして、耳元にささやいてくる。

「もう一回、聞かせて」

「好きだ、雫」

「違う、ベッドの中で」

俺は年甲斐もなく、真っ赤になり口をぱくぱくさせてしまう。

言った雫も、真っ赤な顔をしていた。彼女なりに、最大限の誘い文句だったようだ。

「ちゃんと始めよう。私たちのやり方で、私たちふたりの人生を」

雫の宣言に応えるために、俺はその場で彼女に深く口づけた。俺の背にしがみつき、目を閉じた雫を抱き上げ、キスを交わしながら寝室のドアを押し開ける。

窓の向こうは夜だった。

エピローグ

五月《さつき》晴れというには、暑いくらいの陽気だった。雲はなく、眩しい光が差し、気温は昼頃には三十度近くになるそうだ。

私と高晴さんは、木製の重厚な作りのドアの前に並んで立っていた。

私の腕は高晴さんの腕に絡められている。

聞こえる賛美歌。

ドアがゆっくりと開き、目の前にはバージンロード。

祭壇には神父さん、聖歌隊がいるだけで、参列者はいない。

都内のホテル、ウエディングチャペルに私と高晴さんはやってきていた。ふたりきりで結婚式をやり直すために。

高晴さんは準礼服のスーツ、私は新調した白のワンピース。

髪はアップにし、ショート丈のベールを被せてもらう。小さなオーバルブーケはホテル側が用意してくれた。

バージンロードを並んで進み、祭壇の前で正面を見据えた。

ステンドグラスから注ぐ光がとても綺麗。

若い神父さんがカタコトの日本語で、結婚の誓いを朗読し始める。

「汝《なんじ》、榊 高晴、あなたは健やかなるときも、病めるときも、常にこの者を愛し、慈しみ、守り、助け、この世より召されるまで、固く節操を保つ事を誓いますか？」

高晴さんがよく通る声で答える。

「はい、誓います」

「汝、榊 雫、あなたは健やかなるときも、病めるときも、常にこの者に従い、ともに歩み、助け、固く節操を保つ事を誓いますか？」

同じ質問に、私も胸を張って答えた。

「はい！　誓います！」

「天なる父の祝福があらんことを」

神父さんが微笑んで告げ、私たちは向かい合った。

高晴さんの手が私のベールを上げる。

私たちは視線を絡め、誓いのキスを交わした。

初めてキスしたのも誓いのキスだった。だけど、これが本当の約束。

指輪の交換もフラワーシャワーも半年前に済ませてしまったから、今日は誓いの儀式だけ。それで充分。

ふたりきりの結婚式は静かに始まり、幸福のうちに終わった。

「よかったねぇ。こんなプランも用意されてて」

帰り道、家の近所の遊歩道を歩く。

三月には桜が美しかった遊歩道だけど、今は緑の木々が艶々《つやつや》の葉を茂らせている。

青く生命力を感じる街路樹の木陰を並んで進んだ。

平日の午後はのどかだ。

プランというのは、結婚式のこと。

私たちみたいなふたりだけのウエディングプランって、実は結構あるみたい。

思いついたのは、先週のことだったけれど、幸い平日だったせいかすんなり予約できた。

「需要があるんだろうね。ふたりきりっていうのも悪くないよ」

高晴さんが横で穏やかに微笑んだ。

めでたく両想いになり、身も心も結ばれた私たち。結婚式をやり直したいって言ったのは私のほうで、高晴さんは私の我儘に応えてくれた。

だって前回のお式って、今にしてみれば本当に形ばっかりだったなぁ、って反省しちゃうんだもん。そりゃ、家族に花嫁姿を見せられたのはよかったけれど、高晴さんと私のためにどうしてももう一度誓い合う時間が欲しかった。完全な自己満足だとしても。

「私って、形から入るからなぁ」

「ん？　なに？　雫」

独り言に律儀に反応してくれる高晴さんを見上げ、私はにーっと笑った。

「ところで帰ったら、今日から新しいアニメシリーズを見ようね」

ちょっと前まで見ていたアニメのＤＶＤは最後まで見終わってしまい、私オススメの次のアニメに入る予定なのだ。

今日の午後は丸々暇だし、ちょうどいいタイミング。

「いいよ。この前の作品は、ラストが涙涙でつらかったからなぁ。次は少し穏やかなほうがいいんだけれど」

前回のアニメは、最終回で主人公が死んでしまったんだよね。

私がわんわん泣く隣で、高晴さんも珍しく鼻をすすっていたことを思い出す。可愛いから、突っ込まずに横目で見ていたんだけどね。

「安心して。次はギャグアニメだから。好き嫌いあるかもしれないから心配だけど～」

「雫の趣味なら、どんなものでもチャレンジするよ」

あら、優しいお言葉。うちの旦那様って本当にできた人だなぁ。このまま、どんどん私の趣味に付き合ってもらおうっと。

すると、高晴さんがふと手を伸ばしてきた。

私の頬に触れ、顔を近づける。

「でも、あんまり退屈だったら、途中で雫に楽しませてもらうかもしれない」

「な、なにそれ……」

「ソファの使用法は、座るだけでもないからね」

私は真っ赤な顔で返す言葉を探す。

最近の高晴さんはちょっと意地悪で、かなりエッチだ。

こういうところって、隠しているとわからないものだなぁ。本人いわく、結婚当初から私にムラムラしつつ、ごまかして表に出さずにいたって言うんだもん。

私が鈍感なのか、高晴さんが演技派なのか。

ともかく、大事なアニメ鑑賞会中に押し倒されてしまう可能性が出てきて焦る。

「絶対、面白いから大丈夫！　最後まで飽きません！」

念のため、断言しておこう。エッチなことする暇はありません！

でも、高晴さんは平気な顔で私を見下ろすのだ。メガネの奥の瞳を細めて。

「あれ？ そうなんだ。でも、期待してしまうのは仕方ないよね」

もう、またそんなこと言って。

私はこれ以上、赤い顔を見られたくなくてぷいと顔を背け、先に立って歩きだした。

私の大好きな旦那様が、クスクス笑いながら後ろをついてくる。

打算的に決めた結婚。悩んで騒いで喧嘩して、失敗だったかもって思ったこともあった。

だけど、やっぱり正しかった。今は胸を張ってそう言えるよ。

ふたりで、数え切れない幸せを味わおうね。

私たちの時間は、人生は、幸福は、甘い夜は始まったばかりなんだから。

番外編　嵐の夜の過ごし方

木曜日の夜、私はソファで膝を抱え、ふくれっ面でテレビ画面を眺めていた。

窓の外は轟々《ごうごう》と風が吹き、時折雨粒がまとまって窓ガラスを叩く。

流れているのは春アニメで、一番面白かった冒険活劇作品。

ご機嫌な時間のはずなのに、私は眉間に皺《しわ》を寄せてぶすっとしている。

「雫、ほらコーヒー」

横からマグカップを差し出してくれるのは、愛しの旦那様・高晴さん。

「元気を出そう。また次の機会があるさ」

「だって〜」

私は悲嘆の声をあげた。

「せっかくお休み取ったのに〜！」

私と高晴さんは少し早めの夏休みを合わせて取り、今日の朝から北海道に旅行に行くはずだったのだ。しかし、やってきた早めの大型台風により、私たちの予定はおおいに狂ってしまった。

飛行機は欠航。新幹線も運休。現地への交通手段はなくなってしまった。

台風は明日まで関東に居座り、明後日には東北と北海道へ北上する日本列島縦断コースらしい。

それじゃあ、私たちの三泊四日の予定はほぼ潰れてしまう。

半日様子を見たけれど、台風の進路や勢力に変化はなく、泣く泣くすべてのホテルをキャンセルした。超絶ついてない。

「俺はあと三日夏休みが残ってるし、秋頃に取ろうと思ってるから、そこで予定を合わせるのはどうかな？　雫も、もう何日かは休みが取れるだろう？」

「それはそうなんだけど……秋もまた台風にやられそう……」

「そんな、縁起でもない」

高晴さんは笑ったけれど、あり得ない話でもない。

高晴さんが気遣って提案してくれるのは嬉しいんだけど、全部マイナス思考になっちゃうよ。

「北海道、行きたかった……」

「今、雫が一番ハマッてる漫画の舞台が北海道だもんな……」

そう。そうなのだ。この旅は、好きな漫画の舞台をふたりで巡るツアーでもあったのだ。

「聖地巡礼したかったたぁぁぁ」

ソファにひっくり返ってジタバタ暴れる私を、高晴さんが困った顔で見下ろしている。

でも、子どもみたいだって、自分でも思う。

時代物だから資料館を回ったりしたかったんだよ！　アニメで出てきた街を観光したり、すごくすごく楽しみにしてたんだよ！

それに、高晴さんとラブラブな関係になってからは、初めての旅行だ。

ある意味、新婚旅行リターンズだったのに……。

「四日間、ずっと一緒にいられる予定だったのに」

ぼそりと呟くと、高晴さんがソファの横に膝をつき、私の顔を覗き込んできた。

「休みは休みだから、ずっと一緒にはいられる」

メガネの奥の優しい瞳。次の瞬間、高晴さんの顔が間近になっていた。

ちゅ、と湿った音をたてて合わさった唇は、すぐに深く重なる。音をたてながら、たっぷりとキスを交わして、そっと唇を離す。

「高晴さん」

私の機嫌を取ろうとしているのかしら。

じろっと睨むと、高晴さんは私の上に四つん這いになってしまう。

あらあら、この体勢って。

「エッチなことして、ごまかそうとしてない？」

「ごまかしたいんじゃなくて、普通にしたいんだけど」

「ここ、ソファですけど。あと、私アニメ見てるし！」

「一度止めようか」

さっさとリモコンを手に取り、停止から電源を落としてしまう。

もう！　強引なのは嫌いじゃないけど、私は今不機嫌なんですよー！

のしかかってきた身体をポカポカ叩いてどかそうとしていると、ドアチャイムが鳴った。

「高晴さん！　誰か来たよー！」

高晴さんは渋々私の上から退き、一階のエントランスに来ている来客を確認するため、インターホンに向かった。

「荷物？」

高晴さんが持ってきたのはダンボール箱だ。宅配便だったらしい。

「俺の実家からだ。なんだろうな」

エッチなムードは一時中断。

ふたりでガムテープをべりべりはがして、中を開けてみる。

「あ、野菜だ！」

中には、土のついた野菜がぎっしり詰まっている。トマトにナスに青菜にきゅうり、小さなとうもろこしもある。

一枚、絵手紙が入っていて、それはどうやらお義母さんの手描きのようだ。朝顔の花が描かれている。

高晴さんが読み上げた。

「『お父さんが作った野菜を送ります。今年は出来がよかったので』だそうだ。父親、退職してから野菜作りにハマッちゃってな。元々群馬の生まれだから、畑は代々あるんだ」

「へー、助かるねぇ。旅行行ってたら受け取れなかったし、ちょうどよかったかも」

「送る前にひと言、言ってくれればいいのに。まあ、俺たちも旅行に行くって言ってなかったし、おあいこかな」

たくさんの新鮮な野菜は、きっと大型台風が来る前に急いで収穫したのだろう。

ちょっとテンションが上がってきたぞ。今日はお夕飯が終わっちゃったけど、明日はこれで美味しいお料理を作るのも楽しそうだ。台風に閉じ込められてるんだし、おうちでできることっていいよね。

「ん、これは……」

高晴さんが声をあげた。手にはファンシーなビニール袋があり、中を覗いている。

「なに？　それは野菜じゃないの？」

横から覗き込むと、高晴さんが中身を出してくれた。

中から出てきたのは、クマのぬいぐるみ。

最近のぬいぐるみとは表情が違い、首に巻かれたギンガムチェックのリボンなどオールドスタイルな雰囲気が漂う。毛は少し固まりごわごわしているけれど、全体的に綺麗だ。保存状態がよかったのだろう。

「ベアぞうだ」

高晴さんが呟いた。

ベアぞう？　なにその名前。んー？　ちょっと待って。私このぬいぐるみ、見たことあるぞ。

っていうか、すごく懐かしいんだけど。

「あ！　このぬいぐるみ、私が小さいとき持ってたやつ！」

私が叫ぶと、高晴さんが違う違うと首を振る。

「思い出したみたいだけど、雫の記憶違いだよ。これは俺のぬいぐるみのベアぞうだ。きみはくましゃんって呼んでたな」

私は首を傾げた。意味がまったくわからない。

高晴さんが丁寧に説明してくれる。

「小さい頃、きみはお義母さんに連れられ、よくうちに来ていたんだよ。それは話に聞いてるだろ？　俺はまだ小さなきみの子守を命じられ、困って自分のお気に入りのぬいぐるみを貸したんだ」

「へぇー、そんなことが」

「きみはすごく気に入ってね。来るたび『くましゃん、かして』って俺の部屋からベアぞうを持っていってしまうから、今日こそ取られてお持ち帰りされてしまうんじゃって、幼い俺は毎回ヒヤヒヤしてたんだ」

高晴さんに言われて、その辺のくだりを思い出そうとしてみる。

うーん、わかんない。思い出せない。

でも、このクマちゃんは思い出せるんだよね。抱っこしたり背負ったりして遊んだのは間違いない。

「高晴さん、ごめん。高晴さんのあたりだけ思い出せない」

申し訳ない苦笑いを浮かべて見やると、高晴さんも困ったように笑った。

「かもね、きみはとても小さかったし。祐樹くんがお義母さんのお腹にいる頃だから、ふたつくらいじゃないかな」

私が二歳ってことは、高晴さんは五歳くらいかぁ。

せっかくその頃の高晴さんと出会っているのに、なにも覚えていないなんて我ながらもったいないなぁ。

小さな高晴さん、可愛かっただろうなぁ。ショタ高晴さんだよ。写真バシバシ撮って、お膝に乗せてチュッチュしたいなぁ。サスペンダー付きの半ズボンはかせたいし、『お姉ちゃん』って呼ばせたいよなぁ。

「今、なにか邪《よこしま》なこと考えてなかった？」

高晴さんに突っ込まれ、私はぶんぶん首を振った。

フェティッシュなこと考えてた！　けど、言わないっ！

すると、私の手の中のベアぞうからポロリとなにかが落ちた。

どうやら、ベアぞうはメッセージカードを小脇に挟んでいたようだ。

拾って高晴さんとふたり覗き込んでみると、義母の字でこう書かれてあった。

【ふたりの愛のキューピッドです。大事にしてあげてね】

私たちは顔を見合わせ、微妙な顔で笑い合う。

「この頃の私たち、将来結婚するなんて思いも寄らなかったのにねぇ」

「俺たち、母親同士のお茶会に付き合わされていただけなのになぁ」

そもそもこの結婚自体、私たちの母親同士の思いつきがなかったら、あり得なかったわけで。本当のキューピッドってお母さんたちじゃない。

「まあ、ベアぞうに罪はない」

「うん、ベアぞうは寝室にでも飾ろうね」

それにいつか、私たちの子どもがベアぞうを抱っこする日が来るなら素敵だ。私たちふたりが遊んだベアぞうが、その子の友達になってくれたらいい。

まだちょっと先の話になりそうだから、夢は私の胸にしまっておこう。

「旅行ダメになっちゃったけど、まあいっかって気分になってきた」

「それはよかった」

高晴さんとふたりで暮らす毎日が大事。

こうして些細《ささい》なことで笑顔になって、昔の話をしたりして、この先も暮らしていきたい。何十年も一緒なら、旅行だって何十回も行けるんだし。

「雫、じゃあ……」

　さっきの続きを、と暗に言いたげな高晴さんを知らんぷりして、私はリモコンを手に取った。

「やっぱりアニメの続き見てからね」

「いや、いいけど、うん」

「丸四日、べったりふたりっきりなんだからいいでしょう？　アニメ見る時間もごはん食べる時間も、イチャイチャする時間もたくさんだよ」

　不服そうな高晴さんの顔は、子どもっぽくて可愛い。諦めたようで、おとなしく私の隣に腰を下ろした。

　しばらくじっと画面を見ていたけれど、我慢できないとばかりに、彼は私に視線を移す。

「せめてキスしないか？」

「ん～、仕方ないなぁ」

　私は振り向き、高晴さんの唇にちゅっと素早くキスをして、視線を画面に戻した。

　このぞんざいな扱い、絶対満足してないだろうから、アニメ視聴のあとはひどい目に合ってしまうかもしれない。

外は暴風雨だ。さっきよりも風は強くなり、十階という高さもあって雨音は家中に響く。

ひとりだったら、ちょっと不安になっていたかも。

だけど、私の横にはお預け中の大好きな旦那様がいる。明日も明後日も、ずっと一緒の。

台風もそんなに悪くないなあと、ちょっとだけ思った。

特別書き下ろし番外編

真っ白なシーツにくるまり、その優しい感触を味わいながら、私は覚醒した。

冷房の稼働音、カーテンの隙間からは眩しい夏の日差し。

休日の朝は至福の瞬間だ。このまま眠り続けることも可能だし、『今日はなにをしようかなぁ』なんて計画するにもいい時間。

朝が弱いほうなので、こんな風にスッキリ目覚められると、なんだかいいことがありそうな気がしてくる。

ピピピッピピピッ、と音が聞こえる。

高晴さんのアラームだ。

ってことは、今は七時かな。

横の高晴さんが腕だけ伸ばし、目覚まし時計を止めるのが見えた。スマホは枕元に置く習慣がないらしく、高晴さんは昔からこの目覚まし時計を使っているんだって。

数瞬のあとに、高晴さんがむくりと身体を起こした。

「おはよー」

夏掛けに首まで埋まりながら、私は高晴さんを見上げて挨拶。

「起きてたの？」

「高晴さんより一分ほど早く起きたよ」

すかさず高晴さんがシーツに腕をつき、唇を寄せてくる。

ベッドの中で交わす朝のキスは大好き。

「雫、おはよう。今日休みだろ？」

「うん、お休み。高晴さん仕事だもんねー」

私と高晴さんは、お休みがあんまり合わない。彼の休みである土日は、店舗勤務の私は大抵出勤だからだ。

本社勤務に戻れば、また土日休みになると思うんだけど、まだあと一年か二年はあの店舗責任者だろうなぁ。

私は腕を伸ばし、高晴さんの首に巻きつけた。

「やだー。高晴さん行かないでー。このままふたりでゴロゴロしてよー」

絶対に叶わない希望を言ってみると、彼も心得たもので私を抱きしめ返しながら答えてくれる。

「それじゃあ今日は休んで、一日中、雫を抱いていようかな」

「一日中なんて無理ですー」

「わからないよ？　雫の匂い嗅いでるだけで、何度でもその気になるから」

私の首筋に唇を押しつけて、高晴さんはくんくんと匂いを嗅ぐ素振りをする。

くすぐったくて気持ちよくて、そして変な感じ。身体が疼《うず》くようなドキドキした感覚は、高晴さんとこうなってみるまで知らなかったものだ。

「高晴さん……変な気分になっちゃうよ」

「ん、俺も。このままじゃ、本当に仕事に行けなくなる」

慌てて高晴さんが退き、私も身体を起こした。

危ない危ない。朝からエッチなことになるところだった。

「今日は早く帰るから」

待ち切れなそうに約束する高晴さんは、きっと後ろ髪を引かれちゃって、会社に行きたくない気持ちでいっぱいなんだろうなぁ。可愛い人。

「はーい、朝ごはん準備するね」

高晴さんが出勤していき、私は洗濯を済ませ、ひとり部屋の掃除を始める。鼻歌交じりに掃除機をかけ、なんだかとってもいい気分だ。

高晴さんと結婚して、早七ヶ月。

私たちは、いっそう仲良くハッピーな毎日を送っている。

そもそも自分の趣味にしか興味のないオタクが、趣味以外で初めてできた好きな存在が旦那様だったわけだ。

ハマり方も推し方も熱烈です。

高晴さんが大好き。

どこをどうとかどんなところが、じゃない。高晴さんの全部が理由なく大好き。恋ってこんなに熱い感情だったのね。

リビングの掃除が終わり、続いて寝室。

最近、高晴さんのシングルベッドで寝てるから、私のベッド周りは綺麗なのだ。

今度、ふたりで広々と眠れるダブルベッドに買い換えようか、検討中。

高晴さんのほうの夏掛けをベランダに干し、シーツを替える。夏用のさらさらのシーツを敷き終わると、気分がスッキリした。

ふと、足元に箱が転がっていることに気づいた。

チョコレートでも入っていそうなサイズの箱だ。掛け布団かシーツを剥《は》いだときに、引っかけてチェストかなにかから落ちたのかもしれない。

気づかなかったなぁ。

箱を覗く気はなかった。

でも、落ちた衝撃で蓋がずれ、中から緩衝材《かんしょうざい》のピンク色の紙が見えていた。

紙パッキンって言うんだっけ、この細い紙いっぱいのクシュクシュ。

きちんと中に収めようと手に取り、蓋を開けた。

瞬間、私は凍りついた。

なにこれ？　なにこれ……？

ピンクの紙パッキンに埋まっていたのは、太めのスティック状の器具。スイッチがあるし、電池を入れるところもあるから電動みたいだ。パッケージもなにもなく、軸にリボンがかけられている。

これって……え？　なに？

エッチなボーイズラブ本で、こういうの見たことがあるんだけど……。ぶるぶる震えてあんなところを刺激したり、こんなところに入れちゃったりするやつ……。

っていうか、このラッピングはなに？　誰かからのプレゼント？

おそるおそるそのブツを手に取ると、カードが下に仕込まれていることに気づいた。

カードにはこうある。

【榊さん　先日はありがとうございました。最高の思い出になりました。大事にします。榊さん、大大大好きです。　河合《かわい》】

やっぱりプレゼントだった……みたい。

しかも、河合さんって名前、聞いたことがあるぞ。確か新しく来た研究員だよね。高晴さんが現在チームリーダーを務める班の新人……男性社員。

待って待って待って――‼　どういうこと――⁉

高晴さんのもらったプレゼントがいかにもエッチなグッズっぽくて、それをくれたのが新人男性部下で、さらには『先日は』『最高の思い出』『大事』『大大大好き』なるワードが、短いお手紙にちりばめられておりますけど――‼

はあ、ここまでひと息だったわ。口に出してたら、息切れしてた。

えーと、落ち着け落ち着け。高晴さんイズ、私の旦那様。私にぞっこん。私たちラーブラブ。

それなのに⁉　もしかして、男性部下と浮気疑惑～⁉　嘘でしょぉぉぉ‼

私はへたり込み、ぱたんと箱の蓋を閉めた。しばしの空白。

どうしよう、どうしよう、どうしよう。

それから突然思い立ち、リビングまでダッシュ。スマホを取ってきて、再びその忌まわしい箱を手に取り、ベッドに載せた。蓋をそっと取り、カード込みで写真撮影しておく。

パニックになってはおりますが、これで証拠ゲットだぜ！　女は抜け目ないんじゃい！　ってさぁ、嘘でしょ、嘘だよね、誰か嘘と言って――‼

それから数時間後、私は高晴さんの職場近くにやってきていた。

ど～して、こんなところまでやってきちゃったんだか……自分でも自身のパニックぶりを反省してしまう。なんだかいても立ってもいられなくなって、ひとまず高晴さんの顔を見に来てしまったのだ。

だって、気持ちの収まりどころが見つからないんだもん。

【休みなんだけど、店舗に顔出さなきゃいけなくなっちゃった。高晴さんが出られそうなら、一緒に外でランチしない？】

こんなメッセージをスマホに送る。もちろん、用事は嘘だ。顔を見て、彼の様子に変化がないか見定めたい。

いきなり職場近くにやってきた妻に、後ろ暗いところがあれば慌てたりするんじゃないかしら？　場合によっては、さっき撮った写真を見せて『どういうこと？』と問いつめなければならないけど、でもできればそれは先延ばししたい。まだ確証はないし、私物を勝手に見てしまったという引け目もある。

【いいよ、何時頃がいい？】

高晴さんはホイホイつられてきた。

彼が大丈夫だと言うので、十三時半に駅の改札前で待ち合わせた。入った駅ビル内のレストランは、サラダバー付きのイタリアンだ。

「雫と仕事中も会えて嬉しいな。午後も頑張れそうだ」

可愛いことを言って微笑む高晴さんの笑顔が神々しい。

うう、やっぱり嘘だよね。なにかの間違いだよね。高晴さんは男相手でも女相手でも浮気しないよね。私ひと筋でいてくれるんだよねぇ⁉

「私も～。休みなのに出なきゃいけなくてがっくりしてたけど、高晴さんとタイミングが合ってラッキーだったなぁ」

いつもの他愛のない会話をしながら、意識的に話を誘導することにする。

聞きたいのは、彼の周辺……もっぱら部下のことだ。

「最近、部下の人は慣れてきた？　ほら、入ったばっかかの人が下についたでしょう？」

「ああ、河合のことか。ずいぶん慣れたよ。俺が担当している仕事をいくつか引き継がせたいから、だいたいセットで仕事してるかな。外出や出張まで一緒で」

「へ、へえ」

そんなにいつも一緒なんだ。面倒見てるんだ。まあ、そうだよね。高晴さんにとっては直属の部下だもんね。

「割と仕事ができるから、俺はあまり苦労していないよ。明るい性格で取引先に連れていっても、上手にコミュニケーション取ってくれて助かるよ。俺はその辺が苦手だったから、そういう意味では羨ましい性格だな」

高晴さんは、いつもの薄く微笑んだ表情。後ろめたいことがあって隠しているようにも見えないし、慌てているようにも見えない。

そして、正反対なふたりがコンビを組んでいるわけね。上司と部下で。朝から晩までべったり組んで仕事している男同士……恋が生まれないわけがないよね……。

え？　普通は恋生まれない？

いやいやいや、私たち界隈の人間には常識ですよ。男同士なんてちょっと距離が近づいたら、友情を深めてお互いを特別な存在に想うようになって、気づいたら『男が好きなんじゃない。おまえだから好きになったんだ』的な会話を経て、一線を越えてしまうわけですよ‼

あ〜！　でもそれが私の旦那さんだったら、どうしたらいいわけ〜⁉　萌《も》えてられないじゃんか〜！

「お仕事できる人ならよかったじゃない。高晴さん、一時期めちゃくちゃ忙しかったから、有能な人が下についてくれて助かるね」

ニコニコ笑顔を作って、声も上擦らないように必死にコントロールする。

すると、高晴さんが穏やかに笑い、答えた。

「ああ、それに河合は人柄に好感が持てるんだ。俺にも犬みたいに懐いてきて、ちょっとうるさいくらいだけど、すごくいいヤツだよ」

うう、ぐさっときた！　今のはぐさっときたよ！　犬みたいに懐いてくる部下って……それを悪しからず思う上司って……フラグ立ちまくりじゃないですか〜！　王道オフィスラブパターンじゃないですか〜！

「そ、そうなんだ〜。今度紹介してねぇ」

精いっぱいの笑顔で返し、私はサラダバーで山盛りにしてきたレタスにフォークを突き立てた。

ランチを終え、高晴さんを会社付近まで送ることにする。なんとなくこのまま帰るのは敗北感というか、スッキリしない。なにしろ、核心にはなにひとつ迫れていない。

高晴さんが浮気疑惑の部下を褒《ほ》めたってだけで、心がシオシオにしぼんでしまった。なんて弱いメンタルなのよ、私。

高晴さんのオフィスは、駅からほんの五分。お昼の時間はだいぶ過ぎているけれど、研究職のメンバーはお昼休みをずらして取る人が多いそう。

大宝製薬の研究開発職のメンバーは本社ビルの表口ではなく、通用口から出入りする慣習らしく、高晴さんもそちらへ向かう。

こっちのほうが近いんだって。

通用口のある路地の入口で高晴さんを見送ろうとすると、不意に声をかけられた。

「榊さん！」

振り向くと、そこには高晴さんと同じくらい背の高い青年がいた。私と同じか、少し若いくらいの年齢だ。地毛だろうか、色素の薄い髪に大きな目と大きな口。ヨーロッパの少年みたいな風貌の男性だ。

「河合」

高晴さんが呼び、私の心臓は跳ね上がる。

この人だ。例の浮気疑惑相手だ。

飛んで火に入る夏の虫とはこのこと！　見極めてやるわよ、私はっ！

するると彼は、私と高晴さんを見比べ、わーっと歓声をあげる。

「榊さん！　噂の奥様ですね！」

「あ、ああ」

どんな噂をしてるんじゃいと思いつつ、頬をひくつかせながら笑顔を作る。

「初めまして、榊がいつもお世話になっております」

「初めまして！　河合と言います！　ご主人には、大変お世話になっております」

『なにをどこまでお世話してんのよ～！』とは言えないので、自分史上最高に落ち着いた笑顔を返す。

「榊さんは本当に頼りになる方で、優しいし、仕事早いし、俺、榊さんの下につけてラッキーだったなあ、っていつも思ってるんです」

大きな声で屈託なく褒める姿勢に、高晴さんが困った顔で言う。

「おい、河合、そんなに褒めてもなにも出ないぞ」

「ええ～？　出ないんですかぁ？　せっかく奥様の前でたくさん褒めたのに」

「頼んでない」

「頼んでくださいよ～」

目の前で楽しそうに会話する、高晴さんと河合くん……。

なによ、なによ。めちゃくちゃいい雰囲気じゃん。恋愛初期じゃん。お互いのことが気になりだして、ちょっかいかけちゃう時期じゃん。

いや、浮気が本当だったら違う。あんないかがわしいものもあったんだし、ふたりの関係は恋愛初期なんてもんじゃない。バリバリずぶずぶの泥沼だ。

あ、でも身体から始まったふたりが、心を繋いでいく系のストーリーもあるよね。その可能性はある？　ああっ、ふたりがどこまでの関係なのかわからないっ！

「奥様、今度、ご主人をお借りします。俺、まだ酒奢《おご》ってもらってないんです」

その言葉は決して挑発ではなかった。恋人の妻に対する挑戦状ではなかった。

でも、その無邪気さが逆に怪しいのよ〜！　余裕たっぷりに見えるのよ〜！

は！　ダメよ、雫！　ここで負けちゃ、正妻の名が廃《すた》る。

私は微笑み、頭を下げた。

「河合さん、榊をよろしくお願いします。私に気を使って、あまり外で飲まないものですから、ぜひ連れ出してやってくださいね」

「はい！」と元気よく返事する河合くんを尻目に、私は高晴さんに向き直る。

「それじゃあ、お仕事頑張ってね。お夕飯作っておきます」

「ああ、早く帰るから」

高晴さんと別れ、私は電車に乗った。平日、日中の電車はさほど混んでいないので、悠々座れた。

は〜ッ、脱力！

なんてことだろう。高晴さんとその浮気疑惑相手と、鉢合わせてしまった。そして私の目の奥には、ふたりの仲睦《むつ》まじい光景がまだ残っている。

なに、あの子、高晴さんのことめちゃくちゃ好きじゃん。懐いてるっていうか、好意垂れ流しじゃん。

『俺、ひとりっ子なんですよね、兄貴がいたらこんな感じかなって思うんです』みたいな大好きアピールゼリフが聞こえてきそう。

そして、本当にひとりっ子だから、年下に懐かれるのがまんざらでもなさそうな高晴さん。なによ、デレデレしちゃって。

というかね、客観的に見てなんだけど……私の旦那さんであるという点を抜きにすれば、あのふたりすごくお似合いじゃない、ねえ！

クールで綺麗めな〝年上受け〟が、無邪気で一生懸命な〝年下忠犬攻め〟にほだされていく、ボーイズラブじゃない。

やだもう、そういう話、好き。大好きよ。百万冊読みたい！

でも私の旦那さんなんだよ～！　高晴さんは譲《ゆず》れないよ～！

どうしよう。そのうち河合くんに宣戦布告されるかもしれない。『榊さんと別れてください！　俺のほうが榊さんを身も心も幸せにできます！』なんて。そういうときって、浮気が原因の離婚になるわけだから、慰謝料を請求できるのかな。

いやいやいや、離婚しませんよ！　しないけど、一応ね！

高晴さんも『俺、やっぱりあいつのこと放っておけない』みたいに考えてしまうかもしれない。高晴さんは私を愛してくれている。とはいえ、一夜の過《あやま》ちからずぶずぶと不倫の沼に落ち、自分を必要とし、溺愛してくれる年下部下を捨てられなくなることはありそう。高晴さん、優しいもん。

でも、ダメ――‼　私も高晴さんが必要なの！　大事なの！　譲れないの――‼

決めた、もし高晴さんが浮気していて、さらには別れを切り出してきても、私は絶対に応じない。カッコ悪くても情けなくても、往生際《おうじょうぎわ》が悪くても、嫌なものは嫌！すがりついてでも脅してでも別れない！

私は電車の中で硬く拳を握り、ひとり何度も頷いた。

帰宅し、張り切って夕食を作る。

高晴さんの心が揺らがないように、私も落ち度のない妻にならなきゃ。こんないい奥さん、捨てられないって思わせなきゃ。

金目鯛《きんめだい》を煮付けて、副菜はきゅうりとにんじんで酢の物、冷ややっこにたっぷりの薬味、味噌汁にごはん。よし、いいぞ。

高晴さんは、二十時少し前に帰宅してきた。

「ただいま、雫」

「おかえりなさい」

玄関で迎えたものの、その声が思ったより沈んでいることに自分でも気づく。

高晴さんも、不思議そうに私を覗き込む。

「どうした？　夕食作り、うまくいかなかったとか？」

「ううん、夕食はお魚を煮たよ。上手にできてるから」

慌てて首を振るものの、自分のダメージの深さに驚いた。

高晴さんが私以外の人間と、そういうことになっているかもしれない。

それは疑惑の時点でも充分に痛くて、私は結構打ちのめされていた。

寝室に着替えに行く背中を見つめ、ため息がこぼれる。高晴さんに問いつめてしまいたい。そして、今すぐ別れてよと怒鳴りたい。

だけど、真偽も定かでなければ、それをきっかけに高晴さんの私への愛情が冷めてしまうのは怖い。私たちの愛情という基盤を揺るがせたくない。

もし高晴さんが浮気しているなら……彼に正しい判断をしてほしい。私は知らなかったフリをするから。なにも見なかったことにするから。きちんとカタをつけて、私の元へ戻ってきてほしい。

……ってこんな考え、受け身かな。ああ、なんだか泣きそうな気分。

「雫、夕飯前にいいかな」

寝室からTシャツに、リラックスパンツ姿になった高晴さんが戻ってくる。

ぎょっとした。その手には例の箱があったからだ。

え？　もしかして、今から浮気の告白？

やめて、やめて。まだ心の準備ができてない。っていうか、それ見せて告白するの？　嘘、やだ！　箱を開けないで！

かぽっと開けた箱には、例のピンク色のスティック。

「きみにあげるよ」

高晴さんが、笑顔でそれを差し出してくる。

へぇ？　はぁ、私に？

そのエッチなスティックを？

あれ？　もしかして、それって私にプレゼントするつもりだった？　ふたりで大人のおもちゃを使って、新しいプレイをしてみようってことだった？　でも、それをなんで部下がプレゼントしてくるの？

頭の中はハテナがいっぱい。赤くなったり青くなったりしている私に、高晴さんがスティックのスイッチを入れる。

ブイーンと振動を始めるそのマシン。

えぇえ？　ちょっと待って、待って——！

「そんなのしまって！」

いきなり叫んだ私に、高晴さんが面食らった顔になる。

「え？　どうしたの？」

「いいから、しまって！　よくわかんないけど、私そういうの無理だから！」

「マッサージ器、嫌いだったのか。ご、ごめん！」

高晴さんが慌てて電源を落とす。

マッサージ器。

え？　マッサージ器？　ははあ、マッサージ器。

頭の中で反芻《はんすう》し、数瞬の間。

それから、私の顔は噴火したみたいに熱くなった。

これ……マッサージ器なの？　形がちょっと卑猥《ひわい》でピンク色だけど、実はそんな実用的な機械だったの？

いや、冷静に考えてみればそうだよね。普通はまず、そっちの線を疑うよね。エッチな大人のおもちゃと考えるより、マッサージ器って考えるほうが自然だよねぇ！

でも待って。私の判断を狂わせたあのカードが、箱の中にまだ入ってる。そして見えてる。

高晴さんは、そこでようやく河合くんからのメッセージを見つけたらしい。からっと明るく笑い声をあげた。

「なんだこれ……。はは、河合かぁ。大袈裟だなぁ」

「河合かぁじゃなくて！」

つい声を荒らげてしまい、慌てて私は顔を伏せた。

「プレゼントされたんでしょう？　高晴さんがもらったものなんだし、河合くんは高晴さんに使ってほしいんじゃない？」

「違う違う。元々これは、俺が雫に贈ろうと思ってたものなんだ」

高晴さんの答えに、余計混乱してくる。

ううん、どういうこっちゃ……。

「ちょっと前に実家の母親に贈ったマッサージ器が好評でね、最近雫も肩こりがひどいなんてこぼしてたから、同じものを贈ろうと思ったんだ。人気商品で家電売り場でも入荷待ちで。やっと手に入ったと話したら、河合がどうか譲ってほしいって言うんだよ」

ああ、なんだか話が見えてきた気がする。そして私の壮絶な勘違いも浮き彫りになってきそうな感じです。

「その日が河合のお母さんの誕生日でさ。河合も少し前から探してたみたいなんだけど、手に入らなかったんだ。必ず買って返すって言うから、譲ったんだ。それで昨日、ようやく入荷したって河合が渡してきたんだよな」

「な、なんかすごいラッピングだけど……」

「あいつなりに、シャレのつもりだろう。人気商品だけど、形が卑猥だと小学生男子みたいにはしゃいでたからな。まさか箱を入れ替えて、リボンをかけてくるとは思わなかった。メッセージカードは今気づいたよ」

な、なるほど〜。河合くんも私と似たようなことは考えたのね〜。そしてやっぱり、そんな真相だったのね〜！　バカ！　私のバカ！　妄想勘違い女！

「雫……もしかしてだけど、きみはなにか妙な誤解をしていた？」

高晴さんに聞かれ、わかりやすくぎくりと肩を揺らしてしまう。

『してないよ』と答えようと思い、高晴さんの視線から目をそらす。それはもう『変な妄想してました』って言っているようなものだ。

「掃除してたら、偶然見つけまして……河合くんと……そういう仲なのかな〜……くらいは疑いました。すみません」

ぼそぼそ告白すると、高晴さんが額に手を当て、深くため息をついた。

「これがそういう器具だと」

「ハイ、誤解しました」

「俺と河合がそういうプレイに使っていると」

「ハイ、妄想しました」

高晴さんが二度目のため息。

ああ、とんでもなく呆れられてるよ。

「きみって人はもう。まあ、俺が昨日の時点でこれを出していれば、誤解は生まなかったね。それはすまない。でも、こんなに雫を愛してる俺に、浮気疑惑はひどいんじゃないか？」

「ごめんなさい、高晴さん。正直に言えば、高晴さんと河合くんはボーイズラブ的にはすごくオイシイ組み合わせで、ちょっとぐっときてました。旦那さんで妄想を楽しんでごめんなさい」

「そこはめちゃくちゃ素直だね、うん」

高晴さんが苦笑いをしてから、箱をリビングのテーブルに置き、私に向き直る。

「きみのことが大好きなんだ。きみ以外いらない。男にも女にも、浮気なんかしない」

「高晴さん、ごめんね」

「どうか信じて」

高晴さんの言葉が終わるか終わらないかで、私はその胸に飛び込んだ。ぎゅうっと抱きしめ、彼の香りを胸いっぱいに吸い込む。

「大好きよ。高晴さん」

「俺も……でも俺の深い愛は思い知ってもらわなきゃいけないかな」

ぼそりと言うなり、高晴さんが私を抱き上げた。横抱き、いわゆるお姫様抱っこだ。

「きゃあ！　高晴さん！　なにするの!?」

「今日は夕食前にお風呂にしようかなと思って。雫、付き合ってくれるだろう？」

一緒にお風呂に入ろうってこと？　経験はないけど、絶対、お風呂どころじゃなくなっちゃうよね。

慌てる私のことなんかお構いなしで、高晴さんはぐんぐんバスルームに向かって歩いていく。

「高晴さん！　待って！　一緒にお風呂なんて恥ずかしいよ！」

「大丈夫、そんなこと考える余裕はなくしてあげるから」

にっこり笑った愛しの旦那様は、ずいぶん表情豊かになったものだと思う。

それ以上文句を言わせず、バスルームのドアを開ける高晴さんに、私は「ううう……」と唸りつつ、ぺたりと身体を押しつけた。

これからたっぷり、彼の愛を思い知らされてしまうらしい。

観念するしかなさそうだ。

おしまい

あとがき

『愛され新婚ライフ～クールな彼は極あま旦那様～』をお手に取っていただき、誠にありがとうございます。砂川雨路です。

私にとって、八冊目のベリーズ文庫となりました。ありがたい機会をいただけ、嬉しく思っています。

ハイスペック理系男子とライトオタク女子のラブコメディという本作、お楽しみいただけましたでしょうか。

条件重視で結婚したものの、拍子抜けの初夜にがっくりし、お互いをどう思っているかまったくわからずやきもき、近づいたかと思えば恋の進展は亀の歩み。『Berry's Cafe』で連載中から読者様を散々焦《じ》らしたふたりですが、書籍版もやっぱりマイペースです。

人間同士、出会って親しくなっていくうち、どうしても相手を評価してしまいます。相手の評価が高いと気おくれしたり、うまく本音で付き合えないこともあるのではないでしょうか。本作のふたりも、『相手は絶対、自分より恋愛経験が豊富！』と思い込み、なかなか一歩を踏み出せません。勇気を出して素直な気持ちを伝えると、見えてくるものはたくさんある……そんなお話にしたくて最後まで書き上げました。

ふたりがのんびり夫婦になっていく物語を、応援しながら読んでいただけましたら幸いです。

最後になりましたが、このお話を書籍化するにあたり、お世話になった皆様に御礼申し上げます。

キュートで甘いバスルームを表紙に描いてくださいましたカトーナオ様、デザイナーの菅野様、スケジュールなどかなり無理を聞いてくださった担当・三好様、額田様、本当にありがとうございました。

『Berry's Cafe』で楽しんでくださった読者様、書籍で初めて手に取ってくださった読者様、心より感謝を申し上げます。

毎度ではありますが、家族にも感謝を伝えたく思います。

お読みいただき、本当にありがとうございました。次回作でお会いしましょう！

砂川《すながわ》雨路《あめみち》

砂川雨路先生への
ファンレターのあて先

〒104-0031
東京都中央区京橋1-3-1
八重洲口大栄ビル7F
スターツ出版株式会社　書籍編集部　気付

砂川雨路先生

本書へのご意見をお聞かせください

お買い上げいただき、ありがとうございます。
今後の編集の参考にさせていただきますので、
アンケートにお答えいただければ幸いです。

下記URLまたはQRコードから
アンケートページへお入りください。
http://www.berrys-cafe.jp/static/etc/bb

ベリーズ文庫

愛され新婚ライフ
～クールな彼は極あま旦那様～

2018年8月10日　初版第1刷発行

著　者　砂川雨路

発行人　松島 滋
デザイン　カバー　菅野涼子（説話社）
フォーマット　hive & co.,ltd.
校　正　株式会社　文字工房燦光
編　集　額田百合　三好技知（ともに説話社）
発行所　スターツ出版株式会社
〒104-0031
東京都中央区京橋1-3-1　八重洲口大栄ビル7F
TEL　販売部　03-6202-0386（ご注文等に関するお問い合わせ）
URL　http://starts-pub.jp/
印刷所　大日本印刷株式会社

Printed in Japan

乱丁・落丁などの不良品はお取替えいたします。
上記販売部までお問い合わせください。
定価はカバーに記載されています。

ISBN 978-4-8137-0507-9　C0193

ベリーズ文庫 2018年9月発売予定

Now Printing

『熱愛前夜』 水守《みずもり》恵《え》蓮《れん》・著

綾乃は生まれた時から大企業のイケメン御曹司・優月と許嫁の関係だったが、ある出来事を機に婚約解消を申し入れる。すると、いつもクールな優月の態度が豹変。恋心もない名ばかりの許嫁だったはずなのに、「綾乃が本気で愛していいのは俺だけだ」と強い独占欲を露わに綾乃を奪い返すと宣言してきて…!?

ISBN 978-4-8137-0521-5／予価600円＋税

Now Printing

『君を愛で満たしたい～御曹司は溺愛を我慢できない!?～』 佐倉《さくら》伊織《いおり》・著

総合商社勤務の葉月は仕事に一途。商社の御曹司かつ直属の上司・一ノ瀬を尊敬している。2年の海外駐在から戻った彼は、再び葉月の前に現れ「上司としてずっと我慢してきた。男として、絶対に葉月を手に入れる」と告白される。その夜から熱烈なアプローチを受ける日々が始まり、葉月の心は翻弄されて…!?

ISBN 978-4-8137-0522-2／予価600円＋税

Now Printing

『エンゲージメント』 ひらび久美《くみ》・著

輸入販売会社OLの華奈はある日「結婚相手に向いてない」と彼に振られたバーで、居合わせたモテ部長・一之瀬の優しさにほだされ一夜を共にしてしまう。スマートな外見とは裏腹に「ずっと気になっていた。俺を頼って」という一之瀬のまっすぐな愛に、華奈は満たされていく。そして突然のプロポーズを受けて!?

ISBN 978-4-8137-0523-9／予価600円＋税

Now Printing

『好きな人はご近所上司』 円山《まるやま》ひより・著

銀行員の美羽は引越し先で、同じマンションに住む超美形な毒舌男と出会う。後日、上司として現れたのは、その無礼な男・瀬尾だった！　イヤな奴だと思っていたけど、食事に連れ出されたり、体調不良の時に世話を焼いてくれたりと、過保護なほどかまってくる彼に、美羽はドキドキが止まらなくて…!?

ISBN 978-4-8137-0524-6／予価600円＋税

Now Printing

『傲慢なシンデレラはガラスの靴を履かない』 佳月《かげつ》弥生《やよい》・著

恋人の浮気を、見知らぬ男性・圭一に突然知らされた麻衣子。失恋の傷が癒えぬまま、ある日仕事で圭一と再会。彼は大企業の御曹司だった。「実は君にひと目惚れしてた」と告白され、その日から、高級レストランへのエスコート、服やアクセサリーのプレゼントなど、クールな彼の猛アプローチが始まり…!?

ISBN 978-4-8137-0525-3／予価600円＋税

タイトル、価格等は変更になることがございますのでご了承ください。

ベリーズ文庫 2018年9月発売予定

『しあわせ食堂の異世界ご飯』　ぷにちゃん・著

Now Printing

料理が得意な女の子がある日突然王女・アリアに転生!?　妃候補と言われ、入城するも冷酷な皇帝・リントに門前払いされてしまう。途方に暮れるアリアだが、ひょんなことからさびれた料理店「しあわせ食堂」のシェフとして働くことに!?　アリアの作る料理は人々の心をつかみ店は大繁盛だが……!?

ISBN 978-4-8137-0528-4／予価600円＋税

『王太子殿下の華麗な誘惑と聖なるウエディングロード』　藍里《あいさと》まめ・著

Now Printing

公爵令嬢のオリビアは、王太子レオンの花嫁の座を射止めろという父の命で、王城で侍女勤めの日々。しかし、過去のトラウマから“やられる前にやる”を信条とするしたたかなオリビアは、真っ白な心を持つレオンが苦手だった。意地悪な王妃や王女を蹴散らしながら、花嫁候補から逃れようと画策するが…!?

ISBN 978-4-8137-0526-0／予価600円＋税

『けがれなき聖女はクールな皇帝陛下の愛に攫われる』　涙鳴《るいな》・著

Now Printing

神の島に住む聖女セレアは海岸で倒れていた男性を助ける。彼はレイヴンと名乗り、救ってくれたお礼に望みを叶えてやると言われる。窮屈な生活をしていたセレアは島から出たいと願い、レイヴンの国に連れて行ってもらうことに。実は彼は皇帝陛下で、おまけに「お前を妻に迎える」と宣言されて…!?

ISBN 978-4-8137-0527-7／予価600円＋税

『傲慢殿下と秘密の契約～貧乏姫は恋人役を演じています～』　雨宮《あまみや》れん・著

Now Printing

貧乏国の王女であるフィリーネに、大国の王子・アーベルの花嫁候補として城に滞在してほしいという招待状が届く。やむなく誘いを受けることにするフィレーネだが、アーベルから「俺のお気に入りになれ」と迫られ、恋人契約を結ぶことに!?　甘く翻弄され、気づけばフィリーネは本気の恋に落ちていて…!?

ISBN 978-4-8137-0529-1／予価600円＋税

タイトル、価格等は変更になることがございますのでご了承ください。